EL CAPITÁN CALZONCILLOS Y EL TERRORÍFICO RETORNO DE CACAPIPÍ

La Novena Novela Épica de

DAV PILKEY

SCHOLASTIC INC.

Originally published in English as
Captain Underpants and the Terrifying Return of Tippy Tinkletrousers

Translated by Nuria Molinero

ISBN 978-0-545-48870-9

Be sure to check out Dav Pilkey's Extra-Crunchy Web Site O' fun at
www.pilkey.com.

12 11 10 9 8 7 6 5 4 3 2 1   13 14 15 16 17 18/0

Printed in the United States of America   40
First Spanish printing, January 2013

A AARON MANCINI

CAPÍTULOS

La VERDAD SUPERSECRETA SOBRE EL CAPITÁN CALZONCILLOS por Jorge y Berto

Hase poquito tiempo, abía dos chicos jeniales llamados Jorge y Berto.

¡Somos jominolas!

¡Yo también!

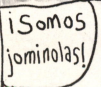

El diretor de su escuela, el señor Carrasquilla, era muy odioso.

$Bla Bla BLa y más BLa

Así que Lo hinotisaron.

¡NOS obedecerás!

¡Sí!

¡Ahora eres el capitán calzoncillos!

¡Yupiii!

El señor Carrasquilla se creyó que era el Capitán Calzoncillos...

¡TATA-CHÁÁÁÁN!

¡¡¡Y se metió en un montón de líos!!!

Una vez, el doctor Pañal lo raptó...

¡Ja, ja, ja!

Y Jorge y Berto tuvieron que salvarlo.

¡Toma! ¡Adiós!

¡Soi Libre! ¡Rayos!

Otra vez, casi se lo comen unos inodoros parlantes...

¡Ñam, ñam, a comer!

¡Y Jorge y Berto tuvieron que salvarlo de nuevo!

¡Cómanse esto!

comida de la cafetería

¡Soi un Héroe!

Y en otra ocazión un montón de sombis Lo atacaron.

El Capitán Calzoncillos bebió un jugo superpoderoso.

Jugo Super-poderoso

glu glu

¡Y ahora tiene superpoderes!

Y entonses <u>él</u> salvó a Jorge y a Berto.

¡¡¡Ya era hora!!!

pero aquí viene lo peor...

Cada vez que el señor Carrasquilla oye que alguien chasquea los dedos...

Bla Bla Bla

chasc

¡Se convierte en el Capitán Calzoncillos!

¡Tatata cháááán!

Y cuando al capitán Calzoncillos le cae agua en la cabeza...

Esplás

¡Vuelve a ser el señor Carrasquilla!

¡¡¡Bla Bla Bla!!!

Así que hagas lo que hagas, ¡no chasques los dedos delante del señor Carrasquilla!

¡En serio, chicos!

Nafa defe chafcar lof dedof

← Idioma efe

Y si alguna vez ven al Capitán Calzoncillos salvando al mundo, ¡¡¡escondan el H2O!!!

POW

¡¡Rápido!! ¡¡¡Que nadie leche agua en la cabeza!!!

Cuentos casaenrama S.A.

CAPÍTULO 1

JORGE Y BERTO

Estos son Jorge Betanzos y Berto Henares.
Jorge es el chico de la derecha con corbata y el
cabello muy corto. Berto es el de la izquierda
con camiseta y un corte de pelo espantoso.
Recuérdenlos bien.

Al final de nuestra última aventura, la policía se llevaba a la cárcel a Jorge y Berto porque en las imágenes grabadas por una cámara de vigilancia aparecían robando un banco junto al Capitán Calzoncillos. Por supuesto, todos sabemos que Jorge, Berto y el Capitán Calzoncillos eran inocentes. Los que robaron el banco fueron sus *gemelos malvados*. Pero la policía no se molestó en leer el último libro, así que no se enteraron de lo que había pasado.

Solo sabían que Jorge y Berto *se parecían* muchísimo a los dos chicos que salían en las fotos. Así que los policías gritaron *¡QUIETOS AHÍ!*, atraparon a Jorge y Berto y les anunciaron el terrible destino que les esperaba.

De repente, un par de pantalones robóticos gigantes aparecieron de la nada. El terrible Cocoliso Cacapipí se asomó por la cremallera, congeló a los policías con un rayo de hielo…

y persiguió a Jorge y Berto (y a sus dos mascotas, Galletas y Chuli) hasta las profundidades cavernosas de la esquina inferior derecha de la página 17.

Si leíste nuestra última novela épica, sabes que así fue como terminó la historia. Pero no es cómo *debía* haber terminado.

Verás, Cocoliso y sus pantalones robóticos lanzarrayos de hielo no debían estar allí. Vinieron del futuro e interrumpieron de golpe lo que *debía* haber pasado.

Por desgracia para Cocoliso, el solo hecho de enviarse a sí mismo al pasado fue un terrible, terrible error. Un error que finalmente llevaría a la destrucción de nuestro planeta, más o menos.

Pero antes de contarles esa historia, tengo que contarles esta *otra* historia...

CAPÍTULO 2

LA PARADOJA DE LA TORTA DE CREMA DE BANANA

Las máquinas del tiempo son impresionantes. No hay duda. Pero también pueden ser peligrosas. Podría ocurrir que una persona retrocediera en el tiempo, cambiara por casualidad una cosa y que esa cosa pequeñísima, mínima, insignificante, afectara de manera rotunda el futuro. Esto es lo que los científicos llaman *La Paradoja de la Torta de Crema de Banana*.

LA PARADOJA DE LA TORTA DE CREMA DE BANANA

POR FAVOR, SIGAN ESTAS ÚTILES ILUSTRACIONES

Imagina, si eres tan amable, que un científico del año 2020 cocinara una torta de crema de banana con bananas de su propio árbol.

Supongamos que el científico entrara con la torta en una máquina del tiempo y retrocedieran, él y la torta, al año 1936.

Ahora imagina que, al salir de la máquina del tiempo, el científico se tropezara y estrellara la torta en la cara de una señora que estaba en una elegante fiesta al aire libre.

Imagina también que la señora
reacciona enfadada, se limpia la
melcochuda crema de banana
que le resbala por la cara
y se la arroja al científico.

El científico se agacha…

y la crema de banana aterriza en la cara de un
caballero que estaba un poco más atrás.

Una camarera señala
al caballero y
se echa a reír.

El caballero,
furioso, se limpia
la cara…

Y restriega la crema en la
cara de la camarera.

—¡Pero bueno! —exclama
la camarera—. ¡Jamás
me habían insultado
de esta manera!

—Debería salir más, ¡ja, ja, ja!
—exclama un señor
calvo y gordito.

—¿Por qué no te ocupas de tus asuntos, cerebro
de mosquito? —dice otro hombre...

metiéndole los dedos
en los ojos al señor
calvo y gordito.

El señor calvo y gordito
cae hacia atrás y aterriza
sobre el banano del
científico (que en
1936 no era más
que un arbolito).

El pequeño banano se parte
por la mitad y muere.

Así que si el banano del científico murió en 1936, no pudo haber crecido ni dado frutos.

Y por tanto el científico no habría tenido su principal ingrediente para hacer la torta de crema de banana en el año 2020.

De manera que la torta de crema de banana no pudo existir.

¡DÍSELO A *ESTAS* PERSONAS!

A lo largo de los siglos, muchos científicos han analizado la Paradoja de la Torta de Crema de Banana y han llegado a una conclusión: la gente debe tener mucho, mucho, mucho MUCHO, *MUCHO* cuidado cuando usa máquinas del tiempo. Porque un simple cambio en el pasado puede afectar el futuro... y hasta destruir todo nuestro planeta.

CAPÍTULO 3

EL VERDADERO FINAL DE NUESTRA ÚLTIMA AVENTURA

Como vimos en el capítulo 1, Jorge y Berto iban a la cárcel cuando Cocoliso Cacapipí retrocedió en el tiempo y alteró los acontecimientos. ¿Pero qué habría ocurrido si no hubiera aparecido? ¿Qué *debía* haber pasado (antes de que Cocoliso los interrumpiera de forma tan brusca)? Bueno, ¡siéntate y relájate porque estás a punto de averiguarlo!

El jefe de policía y su mano derecha, el oficial Gordillo, esposaron a Jorge y a Berto y los metieron en la parte de atrás del auto de policía.

—¡Arrestaron a los chicos equivocados! —les gritó Berto—. ¡Nosotros no robamos el banco!

—Es verdad —dijo Jorge—. Fueron nuestros gemelos malvados que viven en un universo alternativo.

—Ya, *claro* —dijo el oficial Gordillo—. ¡Si me dieran una moneda cada vez que escucho *ESA* excusa!

Camino a la cárcel, el auto de policía pasó junto al señor Carrasquilla, que estaba muy atareado recogiendo papel higiénico mojado de su jardín.

—¡Oye! —exclamó el jefe de policía—. ¡Ese es el tipo que robó el banco con los chicos!

—¡Vamos a atraparlo! —aulló el oficial Gordillo.

DIARIO Y MÁS
CULPABLES

El juicio del siglo terminó hoy con un veredicto de culpabilidad de la jueza Alicia Malicias.

Zarzamoro Carrasquilla, vecino del condado de Miomio, fue sentenciado a diez años de prisión en la Penitenciaría del Estado de Palizona como cerebro del robo del Banco Polanco, que tuvo lugar hace casi un año.

Dos niños residentes en el Valle del Chaparral, Jorge Betanzos y Berto Henares, fueron sentenciados también a diez años en el Centro de Detención de Menores por su participación en el robo.

Aunque todo el dinero fue devuelto el mismo día del atraco, la jueza Alicia Malicias quiso dar un escarmiento al que fuera el antiguo director de la escuela de primaria y a sus dos ex alumnos.

Cuando los periodistas le preguntaron a Jorge Betanzos (diez años y tres cuartos) qué le parecía esta sentencia tan dura, Jorge exclamó "¡Ay, madre!".

El joven cómplice de Jorge, Berto Henares (once años), fue más allá al exclamar: "¡No es justo!".

Con este veredicto de culpabilidad termina un escándalo que dejó atónito al mundo entero, fue cubierto por todos los medios de comunicación e interrumpió el flujo narrativo de este libro con el dibujo mal hecho de un periódico lleno de palabras diminutas.

El doctor Javier S. Rebueno, presidente del Movimiento para Eliminar las Palabras Insignificantes de los Cuentos Ahora (MEPICA) advirtió que las palabras diminutas obligan a forzar los ojos, lo que produce dolores de cabeza, náuseas y acrónimos ridículos.

A lo largo del juicio fueron llamados a declarar una multitud de testigos, incluyendo un antiguo compañero de clase, Gustavo Lumbreras. Gustavo Lumbreras dio una extensa y soporífera explicación sobre supuestas acciones irresponsables y poco respetuosas (hacia él) por parte de los dos acusados. Terminó su incendiario testimonio de tres días sacando la lengua y tarareando la típica cancioncilla de escuela: «Na, na, nanana».

También testificaron contra los acusados el señor Panfilotas, antiguo profesor de ciencias (y actual residente en el Asilo para Incompatibles con la Vida Real del Valle del Chaparral), el señor Morti Fícate, así como un pequeño grupo de padres de otros estados (continúa en las páginas 2-49).

Los policías frenaron de golpe, arrestaron al señor Carrasquilla, lo esposaron y lo metieron en la parte de atrás del auto, con Jorge y Berto.

El juicio duró casi un año. Jorge, Berto y el señor Carrasquilla fueron declarados culpables. Todos fueron condenados a diez años de cárcel. Esta sentencia fue muy dura para Jorge y Berto, pero fue *ESPECIALMENTE* dura para el señor Carrasquilla.

CAPÍTULO 4
LA VIDA EN LA CASA GRANDE

Pobre señor Carrasquilla. Lo encerraron en la
Penitenciaría del Valle del Chaparral durante
varios meses, y vivir como un canario no le
hacía nada bien. Durante todo el día le decían lo
que tenía que hacer. Comía alimentos penosos,
desde el punto de vista nutricional, de sabor
fatal y en una cafetería sucísima. Un grupo de
abusones lo acosaba todo el tiempo, y el pobre
pasaba los días haciendo un trabajo ínfimo en
una maquiladora mal ventilada.

Al señor Carrasquilla le decían cuándo debía comer, cuándo leer y cuándo hacer ejercicio. ¡Incluso tenía que pedir permiso para ir al baño! Todo el tiempo lo bombardeaban con reglas absurdas, disciplina ridícula, registros por sorpresa, detectores de metales, cámaras de seguridad y medicinas cuyo objetivo era que todo el mundo fuera dócil y obediente. Se parecía bastante a la vida de cualquier estudiante en la Escuela Primaria Jerónimo Chumillas, excepto que la prisión tenía más financiación.

Una nublada tarde de otoño, el señor
Carrasquilla rezongaba enfadado mientras
caminaba por el patio de la prisión. En el
centro del patio, una enorme lona verde tapaba
algo grande y alto que se estaba construyendo
en honor del décimo aniversario de la
Penitenciaría del Valle del Chaparral. Todo el
mundo pensaba que era algún tipo de estatua,
pero como nadie había visto ese proyecto ultra
secreto (ni siquiera el director de la prisión),
nadie sabía *qué* era.

—Estoy harto de este sitio —murmuró el señor Carrasquilla para sí—. Todo el mundo me dice todo el tiempo lo que tengo que hacer. ¡Si *UNA SOLA PERSONA MÁS* me da otra orden, creo que me volveré *LOCO*!

—¡Oye, gordito! —gritó un diminuto preso que trabajaba bajo la lona verde—. ¡Pásame ese martillo que está allí!

—¡NO PUEDES DARME ÓRDENES! —gritó el señor Carrasquilla—. ¡ERES UN PRISIONERO COMO YO!

—Desde luego que *no* soy como tú —dijo el prisionero bajito.

Era Cocoliso Cacapipí, que estaba cumpliendo una condena de ocho años por intentar apoderarse del planeta y esclavizar a la humanidad.

El señor Carrasquilla se arremangó las mangas de su sudada camisa y se acercó molesto al prisionero bajito.

Miró a Cocoliso de arriba abajo. Cocoliso lo miró de abajo arriba.

—¡Oye, me resultas familiar! —exclamó el señor Carrasquilla.

—Lo mismo digo —dijo Cocoliso—, pero no recuerdo dónde te he visto antes.

Los dos hombres se movieron lentamente en círculos, uno frente al otro.

—Bien, seas quien seas —dijo el señor Carrasquilla—, ¡no eres quién para darme órdenes!

—Debes saber que yo soy MÁS que un simple prisionero —añadió Cocoliso—. ¡Soy un artiiista! Caspicoso, el director de la prisión, me *eligió* a mí para construir un robo… quiero decir una *estatua*.

De repente, un hombre bajito y gordo sacó su protuberante cabeza llena de caspa por detrás de la lona verde.

—¿Quién dijo mi nombre? —preguntó emocionado.

Era Gregorio Caspicoso. El director y máximo guardián de la Prisión del Valle del Chaparral.

El señor Caspicoso era conocido a lo largo y ancho del valle por ser muy estricto y cruel. En una ocasión condenó a un prisionero a un año de encierro en solitario por tratarlo de tú.

El señor Caspicoso era sin duda la persona más retorcida y malvada que uno se pueda imaginar, pero este cruel alcaide tenía una debilidad fatal: le gustaban mucho los halagos. Y esa debilidad la había usado Cocoliso Cacapipí para convencerlo de que debía construir una estatua suya gigante para conmemorar el décimo aniversario de la Penitenciaría del Valle del Chaparral.

—Déjemelo a mí —había dicho Cocoliso al inicio del proyecto—, ¡y construiré la estatua más increíble y hermosa que haya visto jamás!

—¿De verdad? —preguntó el alcaide—. ¿Puedes hacerla especialmente grande y especialmente hermosa?

—Por supuesto —repuso Cocoliso.

—¡Maravilloso, *MARAVILLOSO*! —gritó el señor Caspicoso—. ¿Cuándo puedes empezar?

—En cuanto me traiga los materiales —respondió Cocoliso.

Cacapipí le entregó al director una lista muy minuciosa de herramientas y materiales.

—¡Oye! —exclamó el director al leer la lista—. ¿Por qué la mayoría de los materiales provienen del Supermercado del Científico Visionario? ¿Para qué necesitas un *inhibidor emulgenente con pestaña fósil*? Y, ¿qué clase de estatua utiliza *tracto macfracionalizador con coabulación inversa*?

—Yo no le digo cómo dirigir su prisión —dijo Cocoliso—, ¡así que usted no me diga cómo construir estatuas!

—¡Tienes razón! —dijo el director Caspicoso.

CAPÍTULO 5
LA INAUGURACIÓN

Una fría tarde de finales de octubre, toda la
prisión bostezaba de emoción. Los prisioneros
se habían reunido en las tribunas bajo el cielo
claro bañado por la luna mientras la banda
de la prisión interpretaba una versión lenta,
respetuosa y entrañable de *La bamba*. Cuando
todo el mundo se secó los ojos, el director
Caspicoso subió al escenario y se felicitó a sí
mismo. Presumió de su gran humildad, confesó
su odio intenso hacia la gente que no era
tolerante y habló durante horas de su capacidad
legendaria para ser breve.

Y por fin llegó el momento esperado. La estatua de Cocoliso Cacapipí estaba lista para mostrarse al mundo.

Con un gesto teatral, Cocoliso se acercó muy ufano por el patio de la cárcel y agarró una punta de la lona verde gigante.

—¡Señores y señores! —anunció—. ¡Es un placer salir pitando de aquí!

Cocoliso jaló la lona y mostró su creación.

—¡*Oye!* —gritó el director Gregorio Gerardo
Caspicoso—. ¡La estatua no tiene cabeza!

—¡No es una estatua! —aulló Cocoliso
mientras subía por una escalera hasta la
cabina—. ¡Es un traje de robot gigante! ¡Y
cuando escape de esta horrible cárcel terminaré
de una vez por todas con esa absurda molestia
que es el Capitán Calzoncillos!

Cocoliso se escurrió dentro de la diminuta cabina y arrancó el motor. De repente, el colosal robot cobró vida. Su pecho poderoso se ensanchó mientras sus brazos gigantes de gorila se balanceaban amenazadoramente.

—¡ALARMA! —gritó el alcaide Caspicoso—. ¡DETENGAN A ESE TIPO!

Los guardias armados corrían en todas direcciones mientras las sirenas aullaban y los prisioneros gritaban temiendo por sus vidas. Focos enormes de luz barrían el cielo mientras el coloso metálico daba sus primeros pasos ensordecedores hacia la libertad.

De repente, Cocoliso se detuvo.

—¡Ya sé de dónde conozco a ese tipo! —dijo.

Rebuscó entre la multitud de prisioneros que huían aterrados hasta que encontró al que buscaba.

La mano gigante del Robotraje de Cocoliso se extendió y agarró al señor Carrasquilla.

—¡*SABÍA* que te había visto antes! —dijo Cocoliso—. ¡Tú eres el director de la escuela que encogí el año pasado!

—¡Ah, claro! —dijo el señor Carrasquilla—. ¡Ahora te recuerdo! ¡Tú eres el *profesor Pipicaca*!

—¡YO *NO* ME LLAMO PROFESOR PIPICACA! —gritó el villano enfadado—. ¡*Ese* es un nombre ridículo, así que lo cambié a Cocoliso Cacapipí!

—Claro, *muchííísimo* mejor —dijo el señor Carrasquilla con ironía.

Cocoliso miró directamente a los ojos desafiantes del señor Carrasquilla.

—¡Ignoraré tu *imprudencia* con una condición! —dijo—. ¡Dime dónde puedo encontrar a Jorge Betanzos y Berto Henares!

—¿Jorge y Berto? —preguntó el señor Carrasquilla mientras se balanceaba peligrosamente colgado de las puntas de los dedos del robot—. ¿Qué quieres de esos dos?

—Esos chicos tienen *algo* que ver con el Capitán Calzoncillos —dijo Cocoliso—. Los he visto juntos, se conocen, ¡*estoy seguro*!

—Bueno, no creo que cueste encontrarlos —dijo el señor Carrasquilla—. Están encerrados en el Centro de Detención de Menores del Valle del Chaparral.

—Ah, están en el *correccional* —dijo Cocoliso con una sonrisa siniestra—. ¡Entonces *iremos* allí!

Cocoliso sujetó con fuerza al señor Carrasquilla. Caminó e hizo retumbar el piso, demoliendo las torres de vigilancia y derrumbando a su paso el bloque de celdas B.

—¡Alto o disparamos! —gritaron los guardias.

—¿Qué tal si *YO* disparo y *USTEDES* se detienen? —dijo Cocoliso, y pulsó un botón de su panel de control que abrió de golpe una puerta en el pecho del Robotraje.

Una pistola láser enorme se asomó desde las profundidades mecánicas del Robotraje y les disparó a los guardias, que se transformaron en estatuas congeladas.

—¿QUÉ HICISTE? —gritó histérico el señor Carrasquilla.

—Vamos, relájate —dijo Cocoliso—. Es mi Rayocongelador 4000. Congela el objetivo durante el tiempo que yo elija. Esos guardias se derretirán en unos diez minutos y estarán perfectamente bien.

El ruidoso monstruo mecánico atravesó como una tempestad el estacionamiento de la cárcel, destrozando los autobuses y aplastando los autos a medida que avanzaba hacia el Centro de Detención de Menores del Valle del Chaparral.

—No comprendo —dijo el señor Carrasquilla—. ¿Por qué es tan importante el Capitán Calzoncillos?

—¡Ese héroe ridículo estropeó mi plan para apoderarme del planeta y esclavizar a la humanidad! —gritó Cocoliso—. ¡Por él me encerraron en la cárcel!

—Todo el mundo lo sabe —dijo el señor Carrasquilla—. ¿Pero por qué crees que no te volverá a vencer?

—Bueno, que tu pequeña y sudorosa cabeza no se preocupe por eso —dijo Cocoliso—. *Esta vez* guardo unos cuantos trucos bajo la manga!

CAPÍTULO 6

LLAMANDO AL CAPITÁN CALZONCILLOS

Mientras tanto, en el otro extremo de la ciudad, en el Centro de Detención de Menores del Valle del Chaparral, Jorge y Berto se preparaban para acostarse.

—¿Sabes? La verdad es que no me importa estar aquí encerrado —dijo Jorge.

—Cierto —dijo Berto—. No se diferencia mucho de nuestra antigua escuela… excepto que la biblioteca de aquí tiene libros.

—Y hay maestro de música —dijo Jorge.

—Y maestro de dibujo —dijo Berto.

Mientras los dos niños hablaban sobre las similitudes entre la escuela primaria y el encierro forzoso en una dura y autoritaria institución penal, empezaron a escuchar, cada vez más cerca, unas pisadas atronadoras.

El edificio no tardó en estremecerse violentamente con cada paso ensordecedor.

Jorge y Berto corrieron a la ventana y vieron al terrorífico Robotraje de Cocoliso que se acercaba hacia ellos congelando todo lo que se cruzaba en su camino.

—¡Ay, NO! —gritó Berto—. ¡ESTAMOS PERDIDOS!

Cocoliso se detuvo ante la puerta principal del Centro de Detención y exigió hablar con quien estuviera al mando. Después de unos minutos, el administrador del centro, Pepín Clemente, apareció muy nervioso en la puerta.

—Eh… —dijo el señor Clemente—. ¿Pu-pu-puedo ayudarlos?

—¿Tiene aquí a dos chicos llamados Jorge Betanzos y Berto Henares? —gritó Cocoliso.

—Ah sí —respondió el señor Clemente—. Esos chicos solo dan problemas. ¡Siempre están haciendo bromas! Es imposible sentarse en el baño y que no se te manche la ropa interior de mostaza. Y la semana pasada...

—¡*ENTRÉGUEMELOS YA!* —interrumpió Cocoliso.

—Claro, ¡*al instante*! —dijo el señor Clemente muy contento.

El director Pepín Clemente se acercó
alegremente a la celda de Jorge y Berto, los
agarró por los brazos y los acompañó hasta la
puerta.

—¡Así aprenderán a no poner loción
depilatoria en mi champú! —dijo el señor
Clemente.

Pepín arrojó a los niños a la calle y cerró la
puerta. Jorge y Berto se quedaron temblando
ante el enorme Robotraje de Cocoliso mientras
el malvado profesor se reía amenazadoramente.

—¡Hola, Jorge y Berto! —dijo Cocoliso
sonriendo—. ¿Me recuerdan?

Los niños tenían tanto miedo que no podían ni hablar.

—Oye, Cocoliso, mira —dijo el señor Carrasquilla—, ya no me necesitas, ¿verdad? Te dije dónde encontrar a los chicos, así que me puedes soltar, ¿cierto?

—Supongo que sí —dijo Cocoliso mientras depositaba al señor Carrasquilla en el suelo, junto a Jorge y Berto.

—¡Ja! —dijo el señor Carrasquilla riendo—. ¡Nunca pensé que me alegraría *verlos* de nuevo! Tontos, ¡ESTÁN METIDOS EN UN BUEN LÍO!

Casi sin pensar, Jorge y Berto extendieron las manos y chascaron los dedos.

¡CHAS!
¡CHAS!

De repente, una sonrisa ridículamente optimista se dibujó en el rostro del señor Carrasquilla.

—¡Oye! —gritó Cocoliso—. ¿Qué está pasando aquí?

Lo que Jorge y Berto sabían y Cocoliso estaba a punto de descubrir era que el señor Carrasquilla se estaba transformando en el superhéroe más grande del mundo: el Capitán Calzoncillos.

Rápidamente el señor Carrasquilla se quitó el uniforme de la prisión, arrojó las zapatillas y se arrancó el tupé sudoroso. Solo le faltaba una capa. Miró a su alrededor, pero no vio nada apropiado.

—No puedo ser un superhéroe sin capa —dijo el Capitán Calzoncillos.

—No te preocupes —dijo Jorge.

—¡Es cierto! —dijo Berto—. ¡No necesitas una capa! ¡En serio!

—Lo siento —dijo el Capitán—, ¡hay que tener buen aspecto para pelear contra el crimen!

Y sin perder un minuto más, el Capitán Calzoncillos salió volando a buscar una capa.

—¡¡¡Ese… *ese tipo era el Capitán Calzoncillos*!!! —aulló Cocoliso.

—*¡No me digas!* —dijo Jorge.

—¡AAAAHHH! —gritó Cocoliso—. ¡¡¡LO TUVE EN MIS MANOS!!!

De nuevo, Jorge respondió de la única manera que podía hacerlo:

—*¡No me digas!*

Mientras tanto, el Capitán Calzoncillos había volado a un centro comercial cercano que celebraba las Rebajas Bianuales de los Malos Guionistas.

—¡Rápido! —gritó el Capitán Calzoncillos—. ¿Tienen capas de superhéroe?

—Por supuesto que sí —dijo el empleado alegremente—. ¡Están en el pasillo treinta y nueve, entre las agendas y los sombreros de mago!

—¡Genial! —gritó el Capitán Calzoncillos.

En un abrir y cerrar de ojos, nuestro héroe encontró una capa, se la ató alrededor del cuello y salió volando para enfrentarse a su mortal enemigo.

CAPÍTULO 7
CACAPIPÍ EN PROBLEMAS

Mientras tanto, en el Centro de Detención del Valle del Chaparral, Cocoliso Cacapipí estaba entusiasmado. Agarró a Jorge y Berto con sus poderosas manos robóticas y los obligó a responder a sus preguntas.

—¡Díganme todo lo que sepan sobre el Capitán Calzoncillos o los aplastaré como si fueran dos uvas! —gritó Cocoliso.

—Bueno —dijo Jorge—, ¡es realmente muy fuerte!

—¡Y muy poderoso! —dijo Berto.

—Sí, sí —dijo Cocoliso—. ¿Y qué *más*?

—¡Y está justo detrás de ti! —gritaron al unísono Jorge y Berto.

Cocoliso se volteó rápidamente, pero no lo suficiente. El Capitán Calzoncillos lanzó su puño fofo y lo golpeó justo en la mandíbula.

La fuerza del golpe envió al Robotraje de Cocoliso volando por encima del Centro de Detención del Valle del Chaparral y contra uno de los muchos rascacielos del centro.

Jorge y Berto salieron disparados de los puños robóticos de Cocoliso y aterrizaron a salvo entre unos arbustos cercanos.

—¡Te mataré! —gritó Cocoliso mientras se incorporaba y se arrojaba sobre el Capitán Calzoncillos.

El panel del pecho del Robotraje se abrió de golpe y una corriente de energía brillante del Rayocongelador 4000 salió disparada hacia el Guerrero Superelástico. Pero el Capitán Calzoncillos fue más rápido. Voló en zigzag evitando los rayos de energía congeladora que salían del pecho del bestial Robotraje.

—¡Mira, *Cocoliso*! —gritó el Capitán
Calzoncillos mientras se sentaba sobre un
rascacielos cercano—. ¡Aquí estoy!

Cocoliso se volteó a toda velocidad y disparó
su Rayocongelador 4000 hacia el rascacielos,
cubriéndolo con una gruesa capa de hielo. Pero
el Capitán Calzoncillos fue más rápido y escapó
justo a tiempo.

El Capitán Calzoncillos se alejó varias
cuadras y voló hasta los balancines del patio
de la Escuela Primaria Jerónimo Chumillas. El
Robotraje corrió tras él.

—¡Yuju, *Cocolisito*! —canturreó el
Capitán Calzoncillos mientras se balanceaba
juguetón—. ¿Me impulsas?

Cocoliso saltó sobre la escuela y aterrizó
en el campo de fútbol.

Disparó otra vez su Rayocongelador 4000, cubriendo los balancines con una gruesa capa de hielo. Pero el Capitán Calzoncillos se volvió a escapar volando.

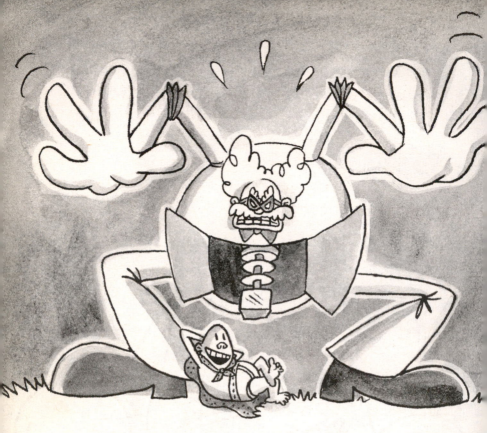

—¡Cocoliso, Cocoliso, aquí! —gritó el
Capitán Calzoncillos de nuevo mientras
se recostaba perezosamente entre los dos
gigantescos pies robóticos de Cocoliso—.
¡Estoy aquí abajo! ¿Me darías un poco de hielo,
por favor?

—*Te voy a...* —aulló Cocoliso echándose
hacia delante y disparando el Rayocongelador
4000 entre sus pies.

Por supuesto, el Capitán Calzoncillos se había marchado mucho antes de que el rayo helado alcanzara el suelo. Por desgracia para Cocoliso, sus pies seguían ahí.

Las gigantescas piernas metálicas de Cocoliso estaban atrapadas bajo un enorme y resplandeciente iceberg. Jaló con todas sus fuerzas, pero la mitad de su cuerpo de robot estaba congelada y pegada al pasto del campo de fútbol. Cocoliso estaba atascado.

¡ZONG!

CAPÍTULO 8

PARTIDO EN DOS: COLAPSO ELÉCTRICO

—¡NOOOOOO! —gritó Cocoliso y, metiendo la cabeza en la cabina del Robotraje, desapareció por una escalera en el intrincado interior de su amenazador invento.

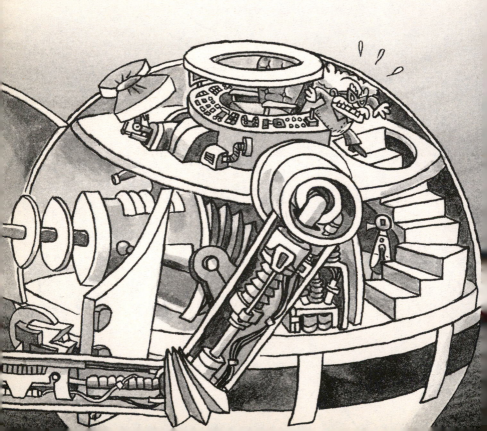

El Capitán Calzoncillos agarró los brazos
del Robotraje y empezó a jalar. Jaló cada vez
más fuerte hasta que, uno detrás de otro,
los remaches del grueso acero del Robotraje
empezaron a soltarse. El Capitán Calzoncillos
siguió jalando con fuerza y el Robotraje empezó
a partirse en dos.

Mientras la escalera por la que bajaba
Cocoliso se derrumbaba, el agudo sonido del
metal rompiéndose retumbaba a su alrededor.

Su única oportunidad era llegar a la parte
de abajo del Robotraje antes de que el Capitán
Calzoncillos lo destruyera del todo.

Sin perder un minuto, Cocoliso corrió a toda velocidad hacia los Robopantalones, justo en el momento en que el Robotraje se partió en dos.

—¡*Ya verán!* —gritó Cocoliso mientras cerraba la portezuela de emergencia de los Robopantalones. Entonces, programó su Cacamóvil temporal a "Hace cinco años" y pulsó el botón de "Allá vamos".

De repente, de los Robopantalones empezaron a salir chispas azules. Los enormes tornillos crujieron con más y más fuerza, hasta que Cocoliso y sus Robopantalones estuvieron totalmente envueltos en una enorme bola gigante de rayos azules.

Durante un brevísimo instante, una luz cegadora convirtió el cielo nocturno en día, y después todo terminó. Cocoliso y sus Robopantalones habían desaparecido, dejando solo un montículo helado detrás. Nunca más, después de esa noche, se volvió a ver al loco inventor y sus aterradores pantalones. Sin embargo, sí los vieron exactamente cinco años antes de esa noche...

Pero antes de contarles esa historia, tenemos que retroceder aun más...

CAPÍTULO 9

HACE EXACTAMENTE CINCO AÑOS, ONCE DÍAS, CATORCE HORAS Y SEIS MINUTOS...

Este es Berto Henares.

Berto tiene seis años y vive con su mamá y su hermana en el número 1520 de la calle de la Viña, en el Valle del Chaparral.

Los padres de Berto se acababan de divorciar y su papá se había mudado a otra ciudad hacía seis meses. No había sido fácil para Berto, aunque no hablaba de ello. En realidad Berto Henares no hablaba mucho de nada. Era bastante reservado y solo dibujaba… montones y montones de dibujos.

A Berto le gustaba dibujar monstruos y superhéroes. Los monstruos que creaba eran malvados y feroces y sus superhéroes eran virtuosos y valientes. Siempre estaban cerca cuando los necesitabas.

A Berto le encantaba perderse en sus maravillosas aventuras de lápiz y papel en las que los buenos siempre ganaban y los malos siempre acababan recibiendo la patada en el trasero que merecían.

El día de hoy había comenzado como cualquier otro día de la semana. Berto se vistió y tomó el desayuno, intentando con todas sus fuerzas no pensar en lo que le esperaba. Berto estaba en el kindergarten de la Escuela Primaria Jerónimo Chumillas y odiaba cada minuto que pasaba allí. Su maestro era antipático, los abusones mayores eran unos zopencos y el director era totalmente malvado. Lo único que Berto podía hacer era pasar desapercibido e intentar no llamar la atención. Se lavó los dientes y guardó con esmero sus lápices y sus dibujos favoritos en la mochila, sin saber que ese día su vida cambiaría para siempre.

La mamá de Berto lo ayudó a ponerse la mochila.

—Quizás hoy hagas un amigo en la escuela —dijo alegremente.

—Nanai —dijo Berto sin inmutarse—. No creo.

—¿Y el niño de la casa de al lado que se mudó el fin de semana pasado? —dijo la mamá de Berto—. ¿Cómo se llama?

Berto se encogió de hombros. Había visto al niño una o dos veces, pero no se conocían.

—Quizás deberías acercarte y presentarte —dijo la mamá de Berto—. ¿Verdad que sería bueno tener un amigo en la casa de al lado?

Berto se encogió de hombros de nuevo.

La mamá de Berto lo abrazó y le dio un beso
en la frente. Sacó dos dólares de su monedero y
se los dio a Berto.

—Esto es para el almuerzo, ¿de acuerdo,
cariño? ¡No quiero que gastes el dinero en la
máquina de caramelos ni en la de bebidas!

—No lo gastaré en eso —dijo Berto.

Y era verdad. Berto sabía que ese dinero para
el almuerzo nunca llegaría ni a la máquina de
caramelos ni a la de bebidas. Los dos dólares
de Berto no llegarían ni a la escuela. Siempre
se los quitaba un abusón de sexto grado que se
llamaba Luisón.

Luisón era el niño más grande y más malo de la Escuela Primaria Jerónimo Chumillas. Era el capitán del equipo de lucha y, *ADEMÁS,* el sobrino del director de la escuela, así que todo el mundo lo trataba como si fuera de la *realeza.*

Los tres siniestros amigos de Luisón, Tronquete, Ferni y Culebra, también recibían un tratamiento especial y se paseaban por los pasillos de la escuela como si fueran los dueños del lugar.

Todos los días, Luisón y sus tres amigos robaban el dinero del almuerzo de los niños de kindergarten. La mayoría de ellos lo entregaba sin rechistar. Así era menos problemático (y menos doloroso). Era mejor eso a que te jalaran la ropa interior o que te dieran un puñetazo en el estómago. Luisón Carrasquilla disfrutaba aterrorizando a los niños de kindergarten y nadie podía evitarlo. Si Luisón tenía problemas, solo tenía que llamar a su tío, el director de la escuela, el señor Carrasquilla.

—*¡Tío Zarza!* —gritaba Luisón—. ¡Una niña de kindergarten golpeó su estómago contra mi puño!

—¿Ah, *SÍ?* —gritaba el señor Carrasquilla, dirigiéndose a la niña que se retorcía de dolor en el piso—. ¿Cómo te ATREVES a hacerle daño al puño de mi sobrino?

El señor Carrasquilla había impuesto una política de CERO TOLERANCIA en la Escuela Primaria Jerónimo Chumillas y la cumplía a rajatabla. Una vez expulsó de la escuela por varios días a un niño de tercer grado solo por decir "rifle". Para ser sinceros, el niño había dicho "chicle", pero *sonaba* bastante parecido a "rifle", y con la CERO TOLERANCIA no había espacio para el sentido común.

Berto sabía por experiencia que lo mejor era apartarse del camino de Luisón, así que el trayecto a la escuela era como una carrera de obstáculos. Corrió en zigzag, saliendo de atrás del bote de basura hasta el buzón de correo, y del buzón de correo al árbol, escondiéndose detrás de todo lo que encontraba para que Luisón y sus amigos no lo fueran a ver.

La peor parte del recorrido hasta la escuela se encontraba en el cruce de la avenida Domingo Domínguez con la calle Rosita Modesta. No había dónde esconderse entre el árbol frondoso junto a la cafetería y el cartel de la gasolinera que estaba al otro lado de la calle. Lo único que podía hacer era esperar a que el semáforo cambiara a verde, salir corriendo y rogar que no pasara nada. Pero su suerte estaba a punto de terminar.

Berto se encogió sin hacer ruido detrás del árbol que estaba junto a la cafetería, concentrado en el semáforo, los autos y en ver a Luisón. Era una situación muy estresante. Después de un par de minutos, los autos se detuvieron, el semáforo cambió y Berto echó la última ojeada a izquierda y derecha. Ahora o nunca. Se incorporó y cruzó la calle lo más rápido que pudo. Cuando llegó a la otra acera, se escondió detrás del cartel que había delante de la gasolinera. ¡Lo había conseguido! Estaba a salvo… o al menos *eso pensaba*.

—¡EH, NIÑO ESTÚPIDO! —gritó Víctor
Vaca, el dueño de la gasolinera—. ¡APÁRTATE
DESE CARTÉ!

A Berto se le quería salir el corazón mientras
Víctor Vaca se acercaba molesto y lo agarraba
del cuello de la camiseta. El hombre jaló a
Berto, sacándolo de detrás del cartel, y armó un
terrible escándalo.

—¡ESE CARTÉ ES UNA PIEZA VALIOSA DE
MERCANCÍA! —gritó Víctor Vaca—. ¡NO ES UN
JUGUETE!

—¡Lo siento, lo siento! —susurró Berto
frenéticamente, intentando escaparse.

Pero era demasiado tarde. Los gritos de
Víctor Vaca habían llamado la atención de
Luisón Carrasquilla y sus tres siniestros
amigos. Los cuatro abusones se acercaron
pavoneándose.

—¡Eh, chico! —gritó Luisón—. ¿Por qué molestas a este buen hombre?

—¡Lo siento! —dijo Berto de nuevo, bajando la vista.

Víctor Vaca soltó a Berto de golpe y este cayó al suelo.

—Muchachos, más les vale que cuiden a ese chiquillo o llamaré a la policía —dijo Víctor.

—No se preocupe, señor —dijo Luisón con una sonrisa retorcida—. ¡Lo cuidaremos *bien*!

Luisón levantó a Berto jalándolo del brazo mientras Tronquete le abría la mochila y rebuscaba dentro.

—¡Miren! Encontré su dinero para el almuerzo —dijo Tronquete.

—¡Dámelo! —exclamó Luisón.

Tronquete puso las monedas en la mano húmeda y sucia de Luisón.

Este comportamiento no pareció molestar para nada a Víctor Vaca. Al contrario, parecía disfrutar.

—Muchacho, tienes que aprender a defenderte —le dijo Víctor Vaca a Berto—, ¡o vas a ser una víctima toda tu vida!

84

Los cuatro abusones arrastraron a Berto hasta el otro lado de la calle, hacia el estacionamiento de la escuela. La suerte de Berto no podía ser peor. Pero afortunadamente, como todos sabemos, la suerte cambia de repente, y la mala suerte de Berto estaba a punto de CAMBIAR.

CAPÍTULO 10

ESTE ES JORGE

Este es Jorge Betanzos.

Jorge tiene cinco años y tres cuartos. Él y sus papás acaban de mudarse al Valle del Chaparral, a la casa de al lado de Berto y su familia. Jorge es lo que los adultos denominan "un niño precoz". Su madre le enseñó a leer y escribir cuando apenas tenía cuatro años y en la actualidad saca mejor puntuación en los exámenes que niños que le doblan la edad.

Los antiguos maestros de Jorge habían sugerido que avanzara hasta tercer grado, pero sus padres decidieron que era mejor para su hijo estar con niños de su edad. Los padres de Jorge aún no sabían si habían tomado la decisión adecuada. Por una parte, Jorge había desarrollado muy buenas habilidades sociales y sus compañeros lo querían mucho. Eso era bueno. Por otra parte, Jorge se aburría en clase y a menudo hacía travesuras. Eso era malo.

A Jorge en realidad nunca le había gustado mucho la escuela. Prefería montar en patineta, ver películas de monstruos y leer cómics y novelas gráficas. A Jorge también le gustaba escribir cuentos. Tenía más de veinte cuadernos repletos de historias de aventuras tontas y divertidas que había escrito él solo.

Cuando Jorge leía sus historias en voz alta en su antigua escuela, siempre tenía problemas. A sus compañeros de clase les encantaban, pero sus maestros pensaban que eran groseras, violentas y totalmente inapropiadas.

—Espero que te portes mejor aquí en el Valle del Chaparral —dijo la mamá de Jorge mientras lo ayudaba a vestirse para el primer día de clases en la Escuela Primaria Jerónimo Chumillas—. Papá y yo te compramos esta bonita corbata para que la lleves hoy a la escuela.

—¿Una *CORBATA*? —gritó Jorge—. Los niños no llevan corbatas.

—Bueno, pues tú vas a ponerte una —dijo la mamá de Jorge—. Quiero que des una muy *buena impresión*.

—¡Ay, mamá! —dijo Jorge—. ¡Solo los que se pasan la vida estudiando llevan corbata!

—¡Por favor! —exclamó la mamá de Jorge—. Tu padre lleva corbata y ¿acaso estudia todo el tiempo?

—Bueno… *un poco*, sí —dijo Jorge.

—No seas ridículo —dijo la mamá de Jorge—. ¡Llevarás corbata y no se hable *MÁS*!

—¡Rayos! —dijo Jorge.

Jorge se puso la mochila y abrazó a regañadientes a su mamá (aún estaba un poco enfadado por lo de la corbata).

—Que tengas un buen día en la escuela, querido —dijo la mamá de Jorge.

—Ajá —dijo Jorge.

Jorge agarró su patineta, que estaba entre unos arbustos junto a su casa, y se puso en marcha. La escuela estaba a solo cinco cuadras y las aceras eran muy parejas, casi sin grietas. Eran perfectas para montar en patineta.

El trayecto a la escuela fue de verdad muy agradable hasta que Jorge llegó a la esquina de la avenida Domingo Domínguez con la calle Rosita Modesta. Había un pequeño lío frente a la gasolinera que había al otro lado de la calle, y Jorge contempló la escena atentamente mientras esperaba a que cambiara el semáforo. Vio al tipo de la gasolinera empujar a un niño rubio. Después vio a varios chicos con mala pinta jalando al niño rubio y robándole el dinero. Eso no estaba bien.

Finalmente, el semáforo cambió a verde y Jorge cruzó hacia la gasolinera. Se quedó parado junto al cartel mientras el tipo de la gasolinera se reía del niño rubio y le decía que tenía que aprender a defenderse. Jorge estaba furioso.

CAPÍTULO 11
JORGE ESTÁ FURIOSO

No hay mucho que se pueda hacer cuando eres un niño pequeño y te encuentras frente a una situación injusta. Sientes el deseo natural de arreglar las cosas, pero a menudo el tiro te sale por la culata, provocando incluso injusticias mayores. La triste realidad es que los adultos suelen tener todo el poder. No puedes obligar a nadie a que sea justo y honorable, especialmente si tan solo mides cuarenta y tres pulgadas y pesas cincuenta libras.

Por eso es importante ser listo.

REVISIONES DE FRENOS GRATIS

Jorge Betanzos acababa de ser testigo de la escena más injusta que jamás había visto. Los chicos malos lo superaban en número y pesaban probablemente unas 700 libras más que él. Pero Jorge era mucho más listo que todos ellos juntos, y él lo sabía.

Mientras los abusones arrastraban a Berto al otro lado de la calle, Jorge buscó a su alrededor una manera de hacer justicia. Se fijó en el cartel que tenía a su lado. El cartel decía REVISIONES DE FRENOS GRATIS. Era un cruce muy transitado y Jorge sabía que un pequeño cambio en el cartel podría crear un escándalo tremendo, así que quitó la *f* y la *r* de *frenos*, la *e* de *revisiones* y cambió la *s* de sitio.

—¡OYE! —gritó Víctor Vaca—. ¡APÁRTATE
DESE CARTÉ *AHORA MISMO*! ¡¡¡PERO QUÉ
PASA CON LOS CHICOS HOY EN DÍA!!!

Víctor Vaca se acercó a Jorge muy molesto,
gritando y gesticulando con los brazos.
Extendió la mano para agarrar a Jorge por el
cuello de la camisa, pero no lo logró.

En ese momento, un Volkswagen violeta frenó con un rechinar de ruedas junto a la acera. Dos ancianas salieron del auto, gritando con todas sus fuerzas.

—¡¡¡Revisión de *SENOS* gratis!!! —gritó la conductora mientras golpeaba a Víctor con su bolso en la cabeza—. ¡¡¡Eso es *OFENSIVO*!!!

—¡¿CÓMO TE *ATREVES*?! —gritó la otra mujer, golpeando a Víctor Vaca con su bastón—. ¡Las mujeres somos seres humanos, no *juguetes*!

—¡Eres un CERDO MACHISTA! —gritó una tercera mujer que se había acercado corriendo desde la cafetería al otro lado de la calle, seguida de un grupo de furiosas amigas.

Todas se turnaron para golpear a Víctor Vaca en las rodillas mientras llegaban más mujeres que frenaban sus autos de golpe y corrían a sumarse a la feroz lucha por la igualdad.

—Muchacho, tienes que aprender a defenderte —le dijo Jorge a Víctor—, ¡o vas a ser una víctima toda tu vida!

Jorge se alejó del enorme embotellamiento
que se estaba formando en el cruce de calle e
ignoró los gritos y las lágrimas de Víctor Vaca,
que suplicaba piedad mientras seguían los
golpes, los puñetazos, los jalones de cabello y
los pisotones. Jorge buscaba al niño rubio.

97

Se deslizó en su patineta hasta la
escuela primaria y la rodeó hasta llegar al
estacionamiento. Allí vio a Luisón y sus
siniestros seguidores riéndose y gritando
animadamente mientras rompían los dibujos de
Berto y le partían los lápices por la mitad.

—¡DÉJENLO TRANQUILO! —gritó Jorge.

Los abusones de sexto grado se voltearon y
miraron al niño de kindergarten que se atrevía a
desafiarlos.

—Ja, ja, ja —rió Luisón—. ¿Qué vas a hacer
si no te hacemos caso?

—¡Les daré el tratamiento *Indiana Jones*!
—dijo Jorge mientras se desanudaba la corbata
y la extendía entre sus manos.

—*¡VAMOS POR ÉL!* —gritó Luisón.

Los abusones corrieron a atacarlo y Jorge les
dio su merecido.

CAPÍTULO 12

CAPÍTULO DE INCREÍBLE VIOLENCIA GRÁFICA (EN FLIPORAMA™)

¡Este capitulo contiene escenas de mucha violencia y está dirigido a audiencias maduras solamente!

¡Para todos aquellos que no somos muy maduros, nos place presentar el arte del FLIPORAMA!

MARCA PILKEY®

DRAMA

¡ASÍ ES CÓMO FUNCIONA!

PASO 1
Colocar la mano *izquierda* dentro de las líneas de puntos donde dice "AQUÍ MANO IZQUIERDA". Sujetar el libro *abierto del todo*.

PASO 2
Sujetar la página de la *derecha* entre el pulgar y el índice derechos (dentro de las líneas que dicen "AQUÍ PULGAR DERECHO").

PASO 3
Ahora agitar *rápidamente* la página de la derecha de un lado a otro hasta que parezca que la imagen está *animada*.

(¡Diversión asegurada con la incorporación de efectos sonoros personalizados!)

FLIPORAMA

(páginas 103 y 105)

Acuérdense de agitar *solo* la página 103.
Mientras lo hacen, asegúrense de que
pueden ver la ilustración de la página 103
y la de la página 105.
Si lo hacen deprisa, las dos imágenes
empezarán a parecer *una sola*
imagen *animada*.

¡No se olviden de añadir sus propios
efectos sonoros!

AQUÍ MANO IZQUIERDA

LATIGAZOS
PARA LUISÓN

AQUÍ
PULGAR
DERECHO

LATIGAZOS
PARA LUISÓN

Luisón chilló como un enorme bebé
llorón y salió corriendo.
Ferni y Culebra eran los siguientes.

AQUÍ MANO IZQUIERDA

CACHETADA
ANIMADA

AQUÍ
PULGAR
DERECHO

CACHETADA
ANIMADA

—¡Vámonos! —gritaron Tronquete
y Ferni llorando.
Culebra abrió la tapa del contenedor
de basura y los cuatro abusones intentaron
meterse dentro, ¡pero no fueron
lo suficientemente rápidos!

AQUÍ MANO IZQUIERDA

LÁTIGO
Y CASTIGO

AQUÍ
PULGAR
DERECHO

LÁTIGO
Y CASTIGO

CAPÍTULO 13

EL CASTIGO

—¡Espero que no vuelvan a meterse conmigo!
—dijo Jorge con firmeza mientras los abusones
daban agudos gritos de terror—. ¡Y tampoco se
le acerquen al niño rubio! ¡Si no, tendrán que
enfrentarse a *La CORBATA*!

Una vez más, Jorge restalló la corbata en el
aire, y los cuatro chicos de sexto grado aullaron
como monos.

—¡¡*TI-TÍO ZARZA!!* —gimió Luisón entre
lágrimas.

De repente, apareció el señor Carrasquilla.

—*¿PERO QUÉ PASA AQUÍ?* —gritó.

—¡Ese chiquillo nos dio una golpiza! —lloró Luisón.

—¿AH, *SÍ?* —aulló el señor Carrasquilla, agarrando del brazo a Jorge—. ¡No me gustan los *abusones* en mi escuela!

—¡*Ellos son* los abusones! —gritó Berto, señalando a Luisón y sus tres asustados amigos—. Ellos estaban a punto de pegarle... Él solo se defendió.

El señor Carrasquilla se agachó y agarró a Berto del brazo.

—¡Y tampoco me gustan los *MENTIROSOS*! —refunfuñó.

El señor Carrasquilla arrastró a los dos niños al salón de castigo.

—¡Ustedes dos se quedarán aquí hasta que aprendan la lección! —gritó y cerró dando un portazo.

—Menuda buena primera impresión —dijo Jorge.

Los dos niños se sentaron en silencio durante unos minutos. Berto abrió su mochila, sacó un cuaderno, los pedazos de lápices que le quedaban y empezó a dibujar.

—¿En qué grado estás? —preguntó Jorge.

—Kindergarten —dijo Berto.

—Yo también —dijo Jorge—. Soy nuevo. Nos mudamos hace tres días.

—Ah —dijo Berto—, creo que vives en la casa al lado de la mía.

—¿De veras? —dijo Jorge.

Jorge echó una ojeada y vio que Berto dibujaba un monstruo gigantesco.

—¡Dibujas muy bien! —dijo Jorge.

—Gracias —dijo Berto.

Jorge vio a Berto dibujar un héroe que podía volar y lanzaba un rayo láser al monstruo.

—¡Genial! —exclamó Jorge señalando al superhéroe—. ¿Cómo se llama ese tipo?

—No tiene nombre —dijo Berto.

—¿Por qué? —preguntó Jorge.

—Es solo un dibujo —dijo Berto—. No es un cuento.

—Ah —dijo Jorge.

Jorge prestó atención hasta que Berto
terminó su dibujo. Berto dobló la página y
empezó un nuevo dibujo en la página siguiente.

—Oye, ¿quieres dibujar? —preguntó
Berto—. Tengo más lápices. Están partidos,
pero aún sirven por la parte de la punta.

—No —dijo Jorge—. No dibujo bien. Yo soy
escritor.

—Ah —dijo Berto, y arrancó varias páginas
en blanco de la parte de atrás de su cuaderno
y se las dio a Jorge—. Toma, escribe aquí si
quieres.

Jorge agarró las hojas y pensó durante un buen rato. Después escribió *Las aventuras de Hombre Perro* en la parte de arriba de la página. En la parte de abajo escribió *Por Jorge y…*

—Oye, ¿cómo te llamas, chico? —preguntó Jorge.

—Berto —dijo Berto.

Jorge escribió el nombre de Berto junto al suyo.

—Voy a escribir un cómic —dijo Jorge—. Tú puedes hacer los dibujos, ¿verdad?

—Eh… Claro —dijo Berto.

Y así fue cómo Jorge y Berto se hicieron amigos y ese mismo día nació su emporio editorial.

CAPÍTULO 14

Las abenturas de Hombre Perro

ACSIÓN

RRISAS

PULGAS

Por Jorge y Berto

Hombre Perro corrió a ayudar.

Pero entonces...

BRUMM

Hombre Perro salió corriendo...

¡Aquí voy, Hombre Perro!

corrió y corrió

Finalmente Hombre Perro
quedó atrapado en una esquina.

¡Te mataré!

La aspiradora estaba
cada ves más serca.

Y Hombre Perro estaba cada
ves más asustado.

El ROBot asp-
iradora vrincó
para atacar

pero
entonses
mira aquí.

POP

La aspiradora
se desenchufó.

Hombre Perro
ya no
tenía
miedo.

Dro una golpisa
al ROBot.

POM

Luego
siguió el
cable

Llevava derecho a la guarida de Pedrito.

Valla

guarida secreta

Entonses arestaron a pedrito

Rayos, si huviera echo el cable seis pulgadas más largo.

Hombre Perro era un héroe

CAPÍTULO 15
EL PLAN

El señor Carrasquilla había pasado un día muy
ocupado, así que se había olvidado por completo
de los dos niños que había encerrado en el
salón de castigo. Cuando el timbre sonó a las
2:45, Jorge y Berto habían terminado su primer
cómic.

—¡Eh, este cuento está muy bueno! —dijo
Jorge.

—Sí —dijo Berto sonriendo.

—¡Seguro que si hacemos copias podríamos
venderlas por veinticinco centavos cada una!
—dijo Jorge.

Los dos niños agarraron sus cosas y salieron por la puerta principal de la escuela.

—Deberíamos montar nuestra empresa de cuentos —dijo Berto.

—¡Claro, vamos a hacerlo! —dijo Jorge—. ¡La llamaremos Cuentos Casaenrama, S.A.!

—¿Por qué *Casaenrama*? —preguntó Berto.

—¡Porque mi papá me está construyendo una casa en un árbol del jardín! —dijo Jorge—. ¡Tendrá electricidad, televisión y de todo! ¡Podemos hacer nuestros cuentos allí!

—¡Genial! —dijo Berto.

Jorge y Berto pasaron junto al contenedor de basura. Luisón y sus amigos estaban a punto de administrar un *"jalón mortal"* de ropa interior a dos niños de kindergarten.

—¡Oye, *Luisito*! —llamó Jorge.

Los abusones se voltearon y vieron a Jorge
llevándose las manos a la corbata. Sus ojos
se llenaron de horror, soltaron a sus presas
y salieron corriendo y agitando los brazos y
gimiendo como perritos asustados.

—¡Creo que a partir de ahora siempre llevaré
corbata! —dijo Jorge.

—Creo que es muy buena idea —dijo Berto.

Camino a casa, Jorge y Berto conversaron
sobre sus películas y juegos favoritos, qué
vídeos eran los más divertidos y cuál era el
chicle que hacía las burbujas más grandes.

—Hummm —dijo Berto—. ¡Tanto hablar de
chicles me ha dado hambre!

—Ven a mi casa —dijo Jorge—. Yo hago
un sándwich *fenomenal* de mantequilla de
cacahuete con gominolas.

—¿De verdad? —dijo Berto.

—¡Sí! —respondió Jorge—. El secreto es el
sirope de chocolate.

—Está bien —dijo Berto.

Los niños llegaron a casa de Jorge y se
fueron derecho al jardín. Allí, el papá de Jorge
estaba construyendo la casa en el árbol de la
que había hablado Jorge.

—¡Hola, papá! —dijo Jorge.

—Hola, campeón —dijo el papá de Jorge—. ¿Qué tal te fue en tu primer día en la escuela nueva?

—Bien —dijo Jorge.

—¿Y cómo se llama tu amigo? —preguntó el papá de Jorge.

—Este es Berto —dijo Jorge—. Dibuja muy bien.

—Hola, Berto —dijo el papá de Jorge.

—Hola —dijo Berto.

—Bueno, tenemos mucho que hacer, papá —dijo Jorge—. ¿Quieres que te traigamos un sándwich de mantequilla de cacahuete con gominolas?

—Eh… no gracias —dijo el papá de Jorge.

Los dos nuevos amigos entraron en la casa de
Jorge, prepararon los sándwiches y se pusieron
a trabajar. Jorge y Berto sabían que dependía de
ellos acabar con el reinado de terror de Luisón
Carrasquilla. Así que hicieron una lista de las
fortalezas y debilidades de Luisón para conocer
mejor a su mortal enemigo.

Berto empezó a sentirse desanimado.

—Esto es terrible —dijo—. ¡Luisón
Carrasquilla tiene tantas *fortalezas*! Solo se me
ocurre una debilidad.

—¿Cuál? —preguntó Jorge.

—Bueno, que es un poco tonto —dijo Berto.

Jorge sonrió y anotó *"un poco tonto"* en la
lista de *"debilidades"*.

—Eso es todo lo que necesitamos —dijo
Jorge.

CAPÍTULO 16
SUPERESPÍAS

Al día siguiente, en la escuela, Berto no se separó de Jorge. Los niños pasaron todos sus momentos libres espiando a Luisón y reuniendo información sobre su enemigo.

Escribieron el número del casillero de Luisón y el tipo de candado que usaba. Anotaron su horario y se fijaron especialmente en lo que hacía entre clases. Hasta tomaron las medidas de su casillero y se quedaron después de la escuela para espiar a Luisón en su entrenamiento de lucha libre. Al final de la semana, Jorge y Berto conocían el horario de Luisón mejor que él mismo.

Luisón Carrasquilla era una persona de hábitos fijos. Todos los días hacía lo mismo a exactamente la misma hora. Al terminar la escuela, iba a su casillero y abría el candado con una llave que colgaba de una gruesa cadena metálica que llevaba alrededor del cuello. Luisón ponía el candado encima del casillero y abría la puerta del mismo. Después, se vaciaba los bolsillos y ponía sus pertenencias dentro del casillero. El teléfono celular lo ponía siempre en el estante superior y el dinero que había robado a los niños de kindergarten lo metía en una bolsa de deporte en la parte de abajo del casillero. Para terminar, Luisón recogía el candado, lo ponía en la puerta de nuevo y lo cerraba.

Después del entrenamiento de lucha libre, Luisón volvía al casillero y lo abría exactamente de la misma manera. Sacaba el celular, luego agarraba el pesado candado de encima del casillero y volvía a ponerlo en la puerta. Para terminar, lo cerraba cuidadosamente. Era curioso, pero Luisón nunca se llevaba a casa el dinero que había robado en la escuela. Quizás pensaba que el dinero estaba más seguro en el casillero. Nadie podía abrirlo sin llave, y solo él tenía la llave y nunca se la quitaba del cuello… ¡ni siquiera en la *ducha*!

—Nunca podremos quitarle la llave —le dijo
Berto a Jorge mientras recorrían los pasillos de
la ferretería de su vecindario.

—No necesitamos la llave, ¡solo necesitamos
esto! —dijo Jorge, y agarró un candado nuevo
en la sección de "Seguridad para el hogar"—. Es
exactamente igual al candado que usa Luisón
en su casillero.

—Pero no tiene la misma llave —dijo
Berto—. Cada uno va con una llave diferente.

—Ya lo sé —dijo Jorge.

—Entonces, ¿cómo nos va a ayudar *ese*
candado? —preguntó Berto.

—Ya lo verás —dijo Jorge sonriendo.

Después de pagar por el nuevo candado, los niños fueron a la tienda de juguetes que había al cruzar la calle.

Al final del pasillo tres, cerca de las cuentas de collares y las joyas, Jorge encontró lo que estaba buscando: el juego para hacer pulseritas de la amistad de Susi Sonrisas.

—¿Para qué es *ESO*? —preguntó Berto.

—Tenemos que hacer un par de pulseritas este fin de semana —dijo Jorge.

—¿Por qué? —preguntó Berto.

—Ya verás —dijo Jorge con una sonrisa.

Ese fin de semana, Jorge y Berto pasaron mucho tiempo dibujando planos y diseñando bromas que servirían para acabar con el acoso en la Escuela Primaria Jerónimo Chumillas. Después, los niños buscaron por sus casas todo lo que necesitaban. Jorge encontró un rollo grande de papel para revestir armarios de cocina y lo midió cuidadosamente.

—Eh, mamá, ¿puedo quedarme con esto? —preguntó Jorge—. Es para la escuela.

—Sí, claro —respondió la mamá de Jorge.

Berto encontró unos pantalones viejos
y unos zapatos de vestir que su papá había
olvidado cuando se mudó. Sabía que a su papá
no le importaría que clavaran los zapatos a los
zancos de madera de Jorge.

—Aún no entiendo cómo vamos a esconder
estos zancos en la escuela —dijo Jorge mientras
practicaba caminar con ellos.

—Ya verás… —dijo Berto, que también
conocía un par de trucos.

CAPÍTULO 17

LUNES

El lunes por la mañana, los niños se
despertaron temprano, juntaron todo lo que
necesitaban y se encaminaron hacia la escuela
unos quince minutos antes de lo acostumbrado.
Jorge y Berto llevaron los zancos y el resto de
las cosas que habían traído de casa al baño de
los niños del segundo piso y las guardaron en
uno de los baños desocupados.

Para terminar, cerraron la puerta del baño y
la bloquearon.

Desde afuera, si mirabas por debajo de la
puerta, parecía que alguien estaba sentado
haciendo *ya sabes qué*. Jorge y Berto sabían
que nadie se acercaría a ese baño, así que era el
lugar más seguro de la escuela para esconder
cosas.

Los estudiantes empezaron a llegar a la escuela y el día comenzó como cualquier otro. El señor Carrasquilla caminaba por los pasillos chillando y haciendo llorar a los niños. Luisón y sus abusones robaban dinero y jalaban la ropa interior de los niños de kindergarten. En el aire matinal flotaba un sentimiento general de desesperanza.

A la hora del almuerzo, como siempre, los oprimidos niños de kindergarten se sentaron a la mesa sin comida. El señor Carrasquilla se les acercó molesto.

—¿Por qué no tienen nunca comida a la hora del almuerzo?

—Este… —titubeó un niño—, es que estamos a dieta.

—Ah —dijo el señor Carrasquilla mientras se acomodaba el cinturón sobre su enorme panza—. ¡Muy bien! ¡Es importante estar en forma y muy sanos, como yo!

Por la tarde, Jorge y Berto pidieron permiso
para ir al baño. Tenían solamente cinco minutos
para organizarlo todo, así que debían darse
prisa. Berto abrió la puerta del baño donde
habían guardado las cosas y Jorge se puso los
zancos. Luego, salieron al pasillo.

Jorge, subido en los zancos, se puso frente
al casillero de Luisón mientras Berto le pasaba
un extremo del rollo de papel. Con cuidado,
Jorge puso el papel sobre los casilleros y lo
extendió. El papel cubría la parte de encima de
los casilleros y bajaba por el costado del último
casillero, donde Berto lo pegó con cuidado
tomando medidas con una regla.

Jorge puso el candado que él y Berto habían comprado sobre un extremo del papel, a dos casilleros de distancia del casillero de Luisón. Ya estaban listos. Guardaron sus cosas en el baño, cerraron la puerta y corrieron de vuelta a su clase.

Al final del día, Luisón fue a su casillero como siempre. Abrió el candado con la llave que llevaba colgada al cuello y lo puso encima del casillero (justo encima del papel extendido). Jorge y Berto estaban a seis casilleros de distancia, justo donde Berto había pegado el otro extremo del papel al costado de la larga fila de casilleros. Ahora venía la parte más difícil.

Mientras Berto "cubría" a Jorge, este jalaba
con cuidado el largo rollo de papel. El papel
empezó a moverse. El candado, que estaba
encima del casillero de Luisón, empezó a
alejarse de Luisón. El candado de Berto y Jorge,
que estaba a dos casilleros de distancia, empezó
a moverse *hacia* Luisón. Berto lo había medido
todo con cuidado, así que Jorge sabía que tenía
que jalar el papel exactamente veinticuatro
pulgadas.

Cuando Jorge terminó de jalar, el candado nuevo estaba justo encima del casillero de Luisón.

Luisón acababa de guardar todo el dinero robado en su bolsa de deporte. Puso su celular en el estante superior del casillero, cerró la puerta, alargó la mano y agarró el candado de Jorge y Berto. Después cerró bien la puerta del casillero con el candado nuevo.

—¡Vamos! —les dijo Luisón a sus amigos, y todos salieron pavoneándose al entrenamiento de lucha libre.

—¡Eso fue *IMPRESIONANTE*! —dijo Berto.

—Sí —dijo Jorge—. Pero todavía tenemos mucho que hacer.

Jorge y Berto esperaron pacientemente hasta que casi todo el mundo se fue a casa. Quedaban niños en el gimnasio, en el patio y en el club de ajedrez en la planta de abajo, pero los pasillos y los baños estaban vacíos.

Jorge y Berto se acercaron al casillero de Luisón y lo abrieron.

Berto abrió la bolsa de deporte de Luisón y volcó todo el dinero en el suelo.

—¡Vaya! —exclamó Berto—. ¡Aquí debe de haber mil dólares!

Berto recogió rápidamente todo el dinero robado mientras Jorge escribía en el celular de Luisón.

—¿Qué haces con el teléfono? —preguntó Berto.

—¡Estoy enviando un mensaje a los tres abusones que andan con Luisón! —respondió Jorge.

Cuando el dinero estuvo bien guardado y el mensaje de texto enviado, Jorge y Berto dejaron todo como estaba… y añadieron *dos cosas más*. Berto dejó el juego de Susi Sonrisas para hacer pulseras en el casillero de Luisón, y Jorge puso un sobre junto al celular de Luisón.

Para terminar, Jorge agarró el candado de Luisón de encima del casillero, cerró la puerta y la aseguró con el candado de Luisón.

Después lo dispusieron todo para que el papel que habían utilizado para mover los candados estuviera listo para la tarde del día siguiente.

—Vámonos ya —dijo Berto con nerviosismo.

—Solo una cosa —dijo Jorge.

Los niños entraron velozmente y a
escondidas en el vestuario del gimnasio y
dejaron un segundo sobre dentro de uno de los
malolientes zapatos de Luisón. Después salieron
corriendo de la escuela y se fueron a casa.

—Me gustaría poder quedarme y ver los
fuegos artificiales —dijo Berto.

—Creo que es mejor no estar allí —dijo
Jorge—. Las cosas se van a poner feas.

CAPÍTULO 18
LAS COSAS SE PONEN FEAS

Luisón encontró el sobre en su zapato justo después del entrenamiento de lucha libre. Lo abrió. Dentro había dos pulseras de la amistad y una nota para él. Luisón se puso las pulseras en la muñeca con orgullo y se quedó admirándolas. Quería enseñárselas a sus amigos…

que estaban en el pasillo mirando sus celulares
completamente estupefactos.

—¡Miren lo que tengo! —dijo Luisón,
enseñando con orgullo las pulseras a sus amigos.

Los amigos de Luisón, que estaban leyendo
a la vez el mensaje que habían recibido en sus
celulares, levantaron la cabeza para mirar a
Luisón con incredulidad.

—¿Qué pasa? —dijo Luisón—. ¡Son solo
pulseras de amistad!

Mensaje de texto

De: Luisón Larragquilla

¡Hagamos pulseras de amistá!
Tengo todo lo que necesitamos
en mi casiyero. ¡Le daré
un beso ENORME a quien
aga la pulsera más linda!

Opciones   Atrás

Los chicos se miraron pensando que Luisón se había vuelto loco.

—Yo no quiero hacer pulseras de la amistad contigo, compadre —dijo Tronquete.

—Yo tampoco —dijeron los otros dos abusones a la vez.

—Pero, ¿qué dicen? —dijo Luisón, y quitó el candado de su casillero y lo abrió.

—¿*PERO QUÉ DIABLOS ES ESTO?* —gritó Luisón—. ¡ALGUIEN SE METIÓ EN MI CASILLERO!

Tronquete, Ferni y Culebra vieron el juego de Susi Sonrisas para hacer pulseras de la amistad e hicieron una mueca de asco.

Luisón arrojó el juguete al piso y lo pisoteó. Luego abrió de golpe la bolsa de deporte. Estaba vacía.

—¡AAAAH! —gritó Luisón, mirando a uno y otro lado del pasillo con desesperación—. ¡¡¡ME HAN *ROBADO*!!! Cuando descubra quién me abrió el casillero, lo voy a… lo voy a…

—¿*Besar?* —preguntó Culebra.

Los otros dos abusones se echaron a reír.

Luisón agarró a Culebra por el cuello de la
camiseta y lo zarandeó como una muñeca de
trapo.

—¿PERO QUÉ ESTÁS DICIENDO? —gritó.

—¡Esto! —dijo Culebra, y le mostró el
mensaje que había recibido del celular de
Luisón.

—¡¡¡YO NO ESCRIBÍ ESO!!! —gritó Luisón.

—¿Y entonces por qué llevas puestas esas
pulseras de la amistad? —preguntó Berni.

—¡Las animadoras me las regalaron! —dijo
Luisón.

En ese preciso momento, apareció un grupo de animadoras que venía de practicar en el patio.

—¡Lo demostraré! —dijo Luisón, y les mostró las pulseras a las animadoras, agitando la muñeca como un lunático—. ¿No es cierto que ustedes hicieron estas pulseras para mí? —preguntó Luisón desesperado.

Las animadoras miraron a Luisón sorprendidas.

—Puagg —exclamó Verónica Cisneros, la líder de las animadoras.

Luisón cerraba y abría los ojos como si estuviera loco. Empezó a jadear. Cerró los puños y los agitó furioso. Los amigos de Luisón se miraron en silencio, preocupados. Todos dieron unos pasos atrás, como si temieran que Luisón fuera a explotar.

—Este… bueno, luego nos vemos, *Susi Sonrisas* —dijo Tronquete.

Los tres abusones se alejaron riéndose, dejando a Luisón solo y completamente frenético.

Finalmente, Luisón volvió a su casillero. Agarró el celular y encontró un sobre.

Enloquecido de rabia, lo rasgó para abrirlo y leyó la nota que había dentro.

CAPÍTULO 19

¿QUIÉN ES JALACALZÓN GUTIERRES?

De camino a casa, Jorge y Berto se detuvieron en la tienda de segunda mano a comprar algunas cosas que necesitaban para el martes. La señora de la caja registradora los miró sorprendida.

—¿Para qué son todos estos vestidos? —preguntó.

—Son para la escuela —dijo Berto.

—Ah —dijo la señora.

Cuando llegaron a casa, los dos niños se
sentaron en el cuarto de Jorge y contaron el
dinero robado de Luisón. Había 916 dólares.

—¡Me siento como Robin Hood! —dijo
Jorge—. ¿Qué podemos hacer con toda esta
pasta?

—Deberíamos comprarles almuerzo a todos
los niños de kindergarten —dijo Berto.

—¡Para eso era el dinero! —dijo Jorge.

Levantó el teléfono y llamó al Palacio de las
Pizzas del Valle del Chaparral.

—¿Pueden llevar pizzas a la escuela primaria
mañana alrededor de las doce? —dijo—. ¿De
verdad? ¡Estupendo! Queremos cinco pizzas
grandes de queso, cinco grandes de pepperoni y
cinco grandes con piña y aceitunas.

Jorge dio algunos detalles más y acordó
dejar el pago por la mañana.

—Ya está arreglado el almuerzo de mañana
—dijo Jorge.

—¡Genial! —dijo Berto.

A la mañana siguiente, de camino a la escuela, Jorge y Berto pasaron por el Palacio de las Pizzas. No abría hasta las once de la mañana, pero no importaba. Jorge sacó un sobre lleno de dinero, cupones, instrucciones y la propina del tipo que reparte las pizzas, y lo metió por el buzón que había en la puerta principal.

Jorge y Berto tenían por delante un día muy ocupado. Llegaron temprano a la escuela y fueron hasta su escondite en el baño donde habían guardado sus cosas. Mientras los dos niños dejaban lo que habían traído de la casa y ponían los zancos en su lugar, escucharon a los demás estudiantes que empezaban a llegar. *Parecía* un día cualquiera, pero las cosas en la Escuela Primaria Jerónimo Chumillas estaban empezando a cambiar.

Luisón se quedó en la entrada de la escuela como cualquier otro día, pero no solo robaba el dinero de los niños de kindergarten, sino que también quería información. Se veía un poco ansioso y tembloroso, como si no hubiera dormido bien la noche anterior. Los tres amigos de Luisón, que generalmente estaban pegados a él, mantenían un poco la distancia. Tronquete, Ferni y Culebra lo miraban preocupados.

Luisón agarraba a todos los niños que llegaban y les preguntaba lo mismo:

—¿Quién es Jalacalzón Gutierres?

Nadie fuera de la escuela había oído jamás hablar de Jalacalzón Gutierres, pero dentro de la escuela, Jorge y Berto estaban muy ocupados extendiendo rumores sobre ese misterioso personaje.

—¿Oíste lo de Jalacalzón Gutierres? —le preguntó Jorge a Berto en voz alta, muy cerca de un grupo de niñas.

—¡Sí! —dijo Berto casi gritando—. ¡Oí que Jalacalzón Gutierres es un *FANTASMA*!

—¡Yo también lo oí! —dijo Jorge—. ¡Dicen que Jalacalzón Gutierres vaga por los pasillos de la escuela buscando VENGANZA!

—¿Venganza de quién? —preguntó Berto.

—¡De Luisón Carrasquilla! —gritó Jorge en un susurro que retumbó en el aire.

Las niñas escucharon atentamente mientras Jorge continuaba hablando.

—¡Oí que la *MALDICIÓN* de Jalacalzón Gutierres cayó sobre Luisón Carrasquilla!

—¡Qué horror, no! —aulló Berto—. ¿Por qué?

—Por ser malo con los niños de kindergarten —dijo Jorge—. Jalacalzón Gutierres es el fantasma protector de los pequeños.

—No tenía ni idea —dijo Berto—. ¡Pobre Luisón! ¡Pobre, *pobre* Luisón!

Jorge y Berto se alejaron moviendo la cabeza apenados. Las niñas se habían quedado, cosa extraña, sin palabras. Enseguida comenzaron a enviar mensajes frenéticos a todos sus amigos, hablando del terrible fantasma de Jalacalzón Gutierres.

Una hora más tarde, toda la escuela sabía sobre Jalacalzón Gutierres, y la historia no tardó en llegar a Luisón y sus amigos.

—¡Eso es una *estupidez*! —dijo Luisón—. ¡Los fantasmas no existen!

—Sí, sí —dijo Tronquete—, pero he oído que puede atravesar paredes e incluso los casilleros. ¡Quizás el fantasma robó todo el dinero!

—¡Qué montón de *TONTERÍAS*! —dijo Luisón—. ¿Para qué querría un fantasma dinero?

—Qui-quizás para devolvérselo a los niños de kindergarten —dijo Culebra—. Oí que Jalacalzón Gutierres era amigo de todos esos chiquillos.

—Eh, perdonen —dijo un tipo que
sujetaba quince cajas grandes de pizza—.
Tengo que entregar estas pizzas a los niños de
kindergarten. ¿Saben dónde está la cafetería?

—Al final del pasillo —dijo Luisón—. Oye,
¿quién pidió las pizzas?

—No lo sé —dijo el tipo—. Nunca lo vi.
Creo que se llama *Gutierres* o algo así.

—¿Nun-nunca lo vio? —preguntó Luisón
tragando saliva.

—No —dijo el tipo de la pizzería—, *nadie* lo
vio, ¡pero deja muy buena propina!

CAPÍTULO 20
MARTES POR LA TARDE

El almuerzo fue un éxito. Todos los niños de
kindergarten disfrutaron de pizza y refresco
y a nadie pareció importarle que el almuerzo
hubiera sido pagado por un fantasma.

—¡Las pizzas encantadas son más ricas!
—dijo Fredo Mador, y los otros chicos
estuvieron de acuerdo.

Después de la escuela, Luisón quitó el candado de su casillero y, una vez más, lo puso encima del mismo. Al igual que el día anterior, Jorge jaló el papel, cambiando el candado de Luisón por el suyo.

Luisón agarró el candado de Jorge y Berto, lo cerró y jaló con fuerza para asegurarse de que estuviera bien cerrado. Lo estaba.

Cuando los pasillos quedaron vacíos, Jorge
y Berto volvieron a hacer lo mismo de la tarde
anterior. Jorge abrió el casillero de Luisón y
Berto lo llenó de preciosos vestidos de encaje,
asegurándose de que los lazos se vieran lindos
y los volantes quedaran bien. Jorge envió otro
mensaje por el teléfono de Luisón y dejó un
nuevo sobre en el casillero. Luego cerraron la
puerta con el candado de Luisón y lo dejaron
todo preparado para que funcionara al día
siguiente de la misma manera.

    —¿Estás seguro de que no podemos
quedarnos aquí y ver la parte divertida?
—preguntó Berto.

    —Mejor no —dijo Jorge—. ¡Las cosas están
a punto de ponerse aun más feas!

CAPÍTULO 21

LAS COSAS SE PONEN AUN MÁS FEAS

Cuando terminaron el entrenamiento de lucha libre a las 4:30, los amigos de Luisón corrieron a sus casilleros y encendieron sus teléfonos. Tal y como habían sospechado, tenían otro mensaje de Luisón.

Cuando Luisón llegó a su casillero,
enseguida se dio cuenta de que había algo raro.

—¿Qué? —gritó a sus amigos—. ¿Y ahora
qué pasa?

—Lo siento, chico —dijo Tronquete—, pero
no queremos jugar a *disfrazarnos* contigo.

—Eso, *princesita* —dijo Culebra, y los tres
abusones se echaron a reír.

Luisón agarró el teléfono de Ferni y leyó el
mensaje.

—¡YO NO ESCRIBÍ ESTO! —aulló
Luisón—. ¡Y NO tengo ningún *VESTIDO* en mi
casillero! ¡Puedo *PROBARLO*!

Luisón quitó el candado de su casillero y
abrió la puerta…

dejando ver tres de los vestidos más lindos que
jamás nadie había visto.

Los amigos de Luisón se echaron a reír
mientras él cerraba la puerta para comprobar
que había abierto el casillero correcto.

—¡*ALGUIEN* QUIERE VOLVERME LOCO!
—gritó Luisón. Sacó los vestidos del casillero y
los arrojó al suelo.

—Quizás es que te estás conectando con tu
lado femenino —dijo Tronquete.

Los tres amigos de Luisón estallaron en
sonoras carcajadas.

—¡Ríanse, idiotas! —aulló Luisón mientras buscaba en el estante superior de su casillero. Efectivamente, había otro sobre. Lo rasgó para abrirlo y leyó en voz alta el mensaje:

¡NO HAY ESCAPATORIA!
Firmado, Jalacalzón Gutierres

Los amigos de Luisón dejaron de reírse y miraron la nota.

—Amigo —dijo Ferni—, ¡creo que SÍ te cayó una maldición!

—Al menos es una maldición muy chistosa —dijo Tronquete.

CAPÍTULO 22
MIÉRCOLES

Al día siguiente, llegó otro almuerzo increíble para Jorge, Berto y sus compañeros de clase. El Palacio de las Pizzas del Valle del Chaparral hasta repartió ensaladas y palitos de pan, y los niños de kindergarten no podían estar más felices.

Al final del día, después del entrenamiento de lucha libre, los tres amigos de Luisón corrieron a toda velocidad hasta los casilleros para ver qué mensaje les había enviado Luisón. No se decepcionaron.

Luisón ya estaba enfadado cuando llegó a su casillero. Sabía que algo andaba mal.

—¿*Qué?* —gritó a sus amigos—. ¡¿DE QUÉ SE ESTÁN RIENDO?!

—Chico —dijo Tronquete—, ¿puedo llevar un osito de peluche a tu té o es solo para muñequitas?

Los tres abusones estallaron en carcajadas.

Luisón agarró el teléfono de Tronquete y leyó el mensaje.

—¡¡YO… YO… YO NO ESCRIBÍ… ESTO!! —gritó Luisón como un loco—. ¡Y TAMPOCO tengo MUÑECAS en mi casillero!

Luisón agarró la llave de la cadena que colgaba de su cuello, quitó el candado y abrió la puerta del casillero dando un tremendo golpe.

Para Luisón

Unas veinte muñecas cayeron del casillero y se apilaron a los pies de Luisón.

Los amigos de Luisón dieron un paso atrás. No sabían si seguir riéndose o salir corriendo. Luisón no hizo nada al principio. Se quedó ahí quieto, mirando la montaña de muñecas que tenía a sus pies.

Entonces empezó a jadear y a tiritar. El temblor se originó en los pies de Luisón y le subió lentamente por las piernas. Cuando llegó a la parte superior de su cuerpo, temblaba como un volcán a punto de explotar. Luisón apretó los puños hasta convertirlos en nudos de rabia mientras levantaba el pie derecho y empezaba a patear las muñecas.

—¡TE ODIO, TE ODIO, TE ODIO! —gritó Luisón pateando a sus lindas muñequitas por todo el pasillo.

Los amigos de Luisón nunca lo habían visto así. Luisón agarró dos de las muñecas más grandes, les empezó a dar vueltas en el aire y a golpearlas contra la puerta del casillero y contra todo lo que había cerca.

Luego empezó a rasgarlas y a morderlas, a patearlas y a decapitarlas. Tronquete, Ferni y Culebra decidieron que era un buen momento para salir corriendo.

El ataque lunático de Luisón duró unos quince minutos. Finalmente se derrumbó, exhausto, sobre un montón de suave relleno de poliéster, vestidos de muñeca rasgados y diminutos brazos, piernas y cabezas de plástico. Luisón se quedó quieto durante un buen rato, respirando lentamente y mirando al vacío. De repente, tuvo una idea. Era como si de golpe hubiera descubierto los secretos del universo.

Se paró y agarró el candado que estaba encima del casillero. Con cuidado le dio vueltas una y otra vez, observándolo con mucha atención.

—¡*AJÁ!* —exclamó.

CAPÍTULO 23

JUEVES

El jueves todo volvió a la normalidad. Luisón
se paró frente a la escuela y obligó a todos los
niños de kindergarten a darle el dinero de su
almuerzo.

—Las cosas van a cambiar por aquí —les
dijo Luisón a los niños—. ¡A partir de mañana
sus impuestos SUBIRÁN! ¡Tendrán que pagarme
cuatro dólares al día o habrá *JALACALZONES*!

Los tres amigos de Luisón miraban desde lejos como aterrorizaba a los niños. Finalmente se le acercaron con nerviosismo.

—Chico —dijo Tronquete—, ¿qué haces?

—¡Estoy agarrando lo que me *PERTENECE*! —dijo Luisón.

—Pero, ¿no le tienes miedo al fantasma de Jalacalzón Gutierres? —preguntó Ferni.

—¡No hay ningún fantasma de Jalacalzón Gutierres, estúpido! —aulló Luisón—. ¡Es una trampa! ¡Anoche me di cuenta! Alguien ha estado abriendo mi candado y poniendo cosas en mi casillero.

—¿Pero quién haría algo así? —preguntó Tronquete.

—¡La misma persona que ha estado escribiendo esos mensajes estúpidos con mi teléfono celular! —dijo Luisón—. Pero todo eso se acabará hoy mismo.

—¿Cómo? —preguntó Tronquete.

—¡Tengo un candado NUEVO! —dijo Luisón, y metió la mano en el bolsillo y sacó un Candado Supercierre 2000 completamente nuevo—. ¡Este candado es *a prueba de ladrones*!

Los cuatro abusones entraron en la escuela y se dirigieron a los casilleros. Luisón abrió su antiguo candado y lo arrojó a la basura con la cadena que llevaba colgada alrededor de su sudoroso cuello. Entonces, puso el candado con combinación a prueba de ladrones en su casillero y lo cerró.

—¡Veremos si alguien se atreve a meterse conmigo ahora! —dijo Luisón riendo de forma siniestra.

A la hora del almuerzo, cuando el tipo de la pizzería apareció con el almuerzo para los niños de kindergarten, Luisón lo detuvo en el pasillo.

—Nosotros nos quedamos con las pizzas —dijo.

—Pero se supone que debo entregarlas a los niños de kindergarten —dijo el tipo.

—Nosotros lo haremos —dijo Luisón.

—Lo siento, pero tengo instrucciones estrictas de Jalacalzón Gutierres… —replicó el tipo.

—*¡Ay, tío Zarza!* —aulló Luisón.

El señor Carrasquilla llegó dando pisotones por el pasillo: **¡Bum! ¡Bum! ¡Bum! ¡Bum! ¡Bum!**

—¿Qué pasa, Luisón? —preguntó.

—Este tipo trae pizzas para los niños de kindergarten —dijo Luisón—. ¿Eso está *permitido*?

—¡Por supuesto que NO! —respondió el señor Carrasquilla—. ¡Están a dieta!

—¿Lo ves? —dijo Luisón al tipo de la pizzería—. ¡*Dámelas*!

Los abusones de Luisón le quitaron las pizzas y los refrescos al tipo. Lo llevaron todo a la mesa de la cafetería donde se sentaban los niños de kindergarten y empezaron a comer delante de ellos.

—*¡Humm!* —exclamó Luisón delante de los niños hambrientos—. ¡La pizza está *buenísima*!

Los cuatro abusones devoraron ocho pizzas enteras y catorce botellas de refresco. Luego vendieron lo que les sobró a otros estudiantes.

—¡Qué lástima que los *niños de kindergarten* no puedan comprar ninguna! —dijo Luisón—, pero no tienen dinero, ¿verdad?

Jorge y Berto estaban destrozados. Ya habían visto el nuevo candado de Luisón y se habían dado cuenta de que cuando abría el casillero no lo soltaba ni un minuto.

—Bueno —dijo Berto con tristeza—, supongo que se ha acabado la fiesta.

—Aquí no se termina nada hasta que *NOSOTROS* no lo digamos —dijo Jorge—. Tenemos que pensar algo… *¡y rápido!*

CAPÍTULO 24
ECTOPLASMA BLANCO Y ESPUMOSO

Después de la escuela, Jorge y Berto esperaron a que los pasillos quedaran vacíos. Entonces fueron hasta su escondite en el baño. Jorge tenía una idea. Se subió a los zancos y Berto le subió los pantalones hasta la cabeza. Jorge intentó caminar mirando con un ojo por el hueco de la cremallera.

—Bueno —dijo Jorge—, ¿cómo me veo?

—No sé —dijo Berto—. Pareces un afro con patas.

—Hummm —dijo Jorge, mirándose en el espejo—. ¡Creo que necesito un corte de pelo!

La idea de Jorge tendría que esperar hasta el día siguiente.

Por suerte, los dos niños tenían otro plan.
Jorge y Berto corrieron a la tienda y compraron
cuatro botes de espuma de afeitar y una caja de
cañitas flexibles. Después volvieron corriendo a
la escuela.

—Tendremos que trabajar rápido —dijo
Berto.

Sacaron cuatro cañitas y las pusieron en las
boquillas de cada uno de los botes de espuma de
afeitar. Después, Jorge tomó un bote de espuma
y metió la cañita en la abertura de ventilación
del casillero de Luisón, y pulsó la boquilla.

Berto agarró otro bote, puso la cañita en la abertura de ventilación del casillero de Tronquete y pulsó la boquilla.

Unos minutos después, los primeros dos botes estaban vacíos. Luego hicieron lo mismo en los casilleros de Berni y Culebra.

Jorge y Berto escondieron los botes en su escondite del baño. Después salieron corriendo por la puerta de atrás de la escuela hacia el campo de fútbol, gritando a pleno pulmón.

Las animadoras, que acababan de terminar su entrenamiento, vieron a Jorge y Berto corriendo como locos.

—¿Qué les pasa, chiquitines? —preguntó una de las animadoras.

—¡Vimos un... un... un fantasma! —chilló
Jorge.

—¡Síííí! —gritó Berto—. ¡Estaba en el
pasillo, cerca de los casilleros!

—¿Cómo era? —preguntaron las
animadoras asustadas.

—Era invisible —gritó Jorge—, ¡pero por
donde iba dejaba un rastro de ectoplasma
espumoso!

Las animadoras gritaron. Estaban aterradas,
pero también sentían mucha curiosidad.

Las niñas se abrazaron temblorosas mientras
entraban de puntillas en la escuela para ver
por sí mismas lo que les acababan de contar.
Todo parecía normal, pero aun así, gritaban un
montón. Una de ellas pulsó el botón de la fuente
de agua y el agua brotó de golpe. Todas gritaron
de nuevo.

—¿Qué pasa? —gritó Luisón, que acababa de salir del entrenamiento de lucha libre con sus amigos.

—¡Hay un… un fantasma! —gritó Verónica Cisneros—. ¡Unos niños lo vieron! ¡Dejaba un rastro de ectoplasma espumoso por todas partes!

—Eso es una tontería —chilló Luisón—. ¡Los fantasmas no existen!

Él y sus amigos se reían a carcajadas mientras quitaban sus candados y abrían las puertas de sus casilleros.

De repente, cuatro olas gigantes de espuma de afeitar blanca se deslizaron hasta el suelo.

—¡ECTOPLASMA BLANCO Y ESPUMOSO! —aullaron las animadoras y echaron a correr.

—¿*Ectoplasma*? —gritó Berni—. He oído hablar de eso… eso es *¡¡jugo de fantasma!*

—¡Tengo… tengo *jugo de fantasma* en mis pantalones! —gimió Tronquete mientras rompía a llorar.

—¡Quítenmelo, quítenmelo, *quítenmelo!* —gritaba Culebra mientras se convulsionaba, tratando de quitarse la espuma que le cubría las piernas—. *¡ODIO EL JUGO DE FANTASMA!*

—¡LOS
FANTASMAS NO
EXISTEN! —gritó Luisón,
pero eso no sirvió de nada.

Tronquete, Berni y Culebra
cerraron sus casilleros de un portazo
y salieron gritando y resbalándose con
el ectoplasma blanco y espumoso. Los tres
aterrorizados abusones bajaron la escalera
dando tumbos, tropezándose, empujándose
y dándose codazos intentando llegar a la puerta
principal.

Luisón ya no podía más. Se derrumbó en el piso en mitad del pasillo y se acurrucó temblando.

—¡TÍO ZARZA! —gimió.

Como siempre, el señor Carrasquilla llegó corriendo por el pasillo.

¡Bum! ¡Bum! ¡Bum! ¡Bum! ¡Bum!

—¿Qué ocurre? ¿Qué ocurre? —gritó el señor Carrasquilla.

Luisón le mostró el ectoplasma y le contó la terrible historia.

—¡Pero qué sarta de *TONTERÍAS*! —aulló el señor Carrasquilla—. ¡Esto no es ectoplasma, es espuma de afeitar! ¡Yo uso la misma marca!

—¿Espuma de afeitar? —dijo Luisón—. Pero, ¿cómo entró en los casilleros?

—¡Bueno, probablemente la echaron a través de las aberturas de ventilación! —dijo el señor Carrasquilla—. ¡Es el truco más viejo del mundo!

Luisón contempló las aberturas de los casilleros. Poco a poco, su expresión se fue convirtiendo en una mueca violenta. Ahora *SÍ* que estaba furioso.

CAPÍTULO 25
JUEVES POR LA TARDE

Esa misma tarde, en casa de Berto, Jorge y Berto escribieron un nuevo cómic. Cuando terminaron, escanearon cada página y luego imprimieron cuatro copias en la impresora de Berto.

El cómic tenía que parecer muy viejo, así
que sacaron un cuenco grande al jardín y lo
llenaron de agua. Berto añadió dos puñados
de tierra y revolvió ocho cucharadas de café
instantáneo. Jorge rompió con cuidado los
extremos de cada página, después las arrugó
en pequeñas bolitas y las empapó dentro del
cuenco de agua sucia.

Cuando todas las páginas estuvieron completamente mojadas, los dos amigos las tendieron en el garaje para que se secaran durante la noche.

—¿Se puede saber qué hacen? —preguntó la mamá de Berto.

—Es para la escuela —dijo Berto.

—Ah —dijo la mamá de Berto.

Después, los dos niños volvieron a entrar en la casa de Berto.

—¡Ahora tenemos que pedir pizzas! —dijo Jorge.

—¿*Pedir pizzas?* —exclamó Berto—. ¿Para qué? Luisón se las volverá a robar.

—Con eso cuento —dijo Jorge sonriendo maliciosamente.

Jorge levantó el teléfono y habló con el encargado del Palacio de las Pizzas del Valle del Chaparral.

—Me gustaría pedir cuatro pizzas para mañana —dijo Jorge—. ¿Cuáles son los chiles más picantes que tienen? ¿Los chiles *fantasma*? Muy bien. ¿Me puede poner una porción *doble* de chiles fantasma en cada pizza? ¡Genial!

Después de pedir las pizzas, había llegado la hora del corte de cabello de Jorge. Berto fue al armario y encontró la maquinilla y las tijeras que usaba su mamá para cortarle el cabello. Berto nunca le había cortado el cabello a nadie antes, pero quería intentarlo.

—Simplemente deja la parte de arriba plana —dijo Jorge—, para que el pelo no se asome cuando me ponga los pantalones.

—Haré lo que pueda —dijo Berto.

Berto cortó y cortó, luego rasuró y dio forma. Cuando terminó, Jorge se miró en el espejo.

—¡ESTOY *GENIAL*! —exclamó Jorge—. ¡De ahora en adelante siempre iré peinado así!

Y así fue.

CAPÍTULO 26

LUISÓN SE ENFADA MUCHO, MUCHO, MUCHO...

A la mañana siguiente, las páginas del cómic de Jorge y Berto estaban lo suficientemente secas para graparlas juntas. Jorge espolvoreó cada página con talco para que parecieran polvorientas y prehistóricas.

—Amigo —dijo Berto—, ¡parece que son de los años 80 por lo menos!

El viernes por la mañana se estaba convirtiendo en el peor día de todos en la escuela. Durante la semana, Berto y Jorge habían intentado mejorar la situación de sus compañeros de salón, pero solo habían conseguido convertir a Luisón y sus amigos en MONSTRUOS.

Luisón les contó a sus amigos la broma pesada de la espuma de afeitar y ahora estaban muy, muy enfadados. Los cuatro abusones sabían que alguien les estaba tomando el pelo y pensaban hacerles la vida imposible a todos los niños de kindergarten hasta averiguar quién era.

—¡OYE! ¿Dónde están mis ocho dólares? —gritó Luisón a Juanito Sarpatero, que fue el primer niño de kindergarten al que vio el viernes por la mañana.

—Di... dijiste *cuatro* dólares —dijo Juanito.

—Es verdad —dijo Luisón—, pero los impuestos acaban de subir. ¡Y seguirá así hasta que averigüe quién está tomándome el pelo!

—¡Yo no sé, no sé quién es! —dijo Juanito.

—Pues más vale que te enteres —refunfuñó Luisón—, ¡o dejaré de ser tan amable con ustedes, papanatas!

Luisón se quedó con el dinero de Juanito mientras sus abusones le jalaban los calzones más fuertemente que nunca.

—Me debes cuatro dólares —gritó Luisón—. Así que trae *DOCE* dólares el lunes o desearás no haber nacido.

Los otros niños de kindergarten recibieron el mismo tratamiento al entrar en la escuela. Tenían la mala suerte de no saber quién les estaba gastando las bromas a Luisón y sus amigos.

A la hora del almuerzo, apareció el tipo del Palacio de las Pizzas.

—¡Oye! —gritó Luisón—. ¿Cómo puede ser que hoy solo haya cuatro pizzas?

—Esto es todo lo que Jalacalzón pidió —explicó el tipo.

—¡Qué *tacaño*! —se burló Luisón—. Bueno, dámelas.

—Está bien, pero tengo que advertirles algo —dijo—. Estas pizzas queman.

—¡Eso *espero*! —gritó Luisón—. ¡*Odio* la pizza fría!

Luisón arrancó las pizzas de las manos del tipo de la pizzería y se dirigió a la cafetería con sus amigos. Abrieron la puerta de una patada y se acercaron pavoneándose hasta la mesa de los niños de kindergarten.

—Hummm, ¡miren qué pizzas tan ricas! —dijo Luisón a los hambrientos niños—. ¡Apuesto, chiquillos, a que están *muertos* de hambre! Ay, qué lástima.

Luisón, Ferni, Tronquete y Culebra agarraron cada uno una porción gigante de pizza y la engulleron. Los cuatro abusones sonreían odiosamente mientras masticaban con la boca abierta, mostrando sus repugnantes bocas cavernosas por las que se asomaba la saliva en la que flotaban pedazos de masa esponjosa y brillante.

—¡Uf! ¡Esta pizza está picante! —dijo Culebra mientras tragaba con dificultad y se secaba el sudor de la frente.

—Sí —dijo Tronquete—. ¡Esta pizza está *bastante* PICANTE!

—¡Ah, ah, aaaaaaaaaaaaaaaaaah! —gritó Luisón—. ¡Esta pizza ESTÁ MUY PICANTE!

—¡ME QUEMA, ME QUEMA! —gimió Ferni mientras sacaba la lengua y trataba de soplarla—. ¡Ayy! ¡AAAYY! *¡AAAAYYYYY!*

De repente, las sonrisas exageradas de los abusones dieron paso a ojos desorbitados y expresiones de auténtico pánico. Empezaron a limpiarse la lengua con las manos sucias, pero era demasiado tarde. El daño de los chiles fantasma ya estaba hecho. Luisón y sus aterrorizados amigos corrieron en estampida hasta la fuente de agua, agitando los brazos y aullando como una manada de hienas. Dándose codazos y empujones, intentaban echarse agua fría en la boca.

Luisón no conseguía beber lo suficiente en la fuente, así que corrió hasta la mesa donde estaban los cartones de leche. Allí empezó a rasgar los pequeños cartones, uno detrás de otro, echándose la leche sobre la cara. Los otros tres abusones lo siguieron, golpeándose y dándose patadas mientras rasgaban los cartones con los dientes y se volcaban la leche en la boca y la lengua ardiente.

Cuando se acabó la leche, los cuatro abusones se arrojaron al piso gimiendo y llorando, llamando a sus mamás mientras lamían la leche que habían derramado durante su frenético ataque lactolamiente. El evento completo fue grabado por unos veinte niños con sus celulares, y los vergonzosos videos estaban en Internet antes de que acabara la hora del almuerzo.

Luisón, Ferni, Tronquete y Culebra pasaron
las siguientes dos horas en la enfermería con
paquetes de hielo sobre la lengua y llorando
como bebés. Empezaron a sentirse mejor justo
cuando la escuela estaba a punto de terminar
y el entrenamiento de lucha libre, a punto de
empezar.

CAPÍTULO 27

ALGO MALVADO SE ACERCA

A las 2:45 de la tarde, cuando sonó el timbre de salida, Jorge y Berto corrieron a su escondite del baño y agarraron dos frascos vacíos de mermelada. Después se dirigieron a la caseta del jardinero.

Allí siempre había montones de arañas, y Jorge y Berto se dedicaron a capturar vivas todas las arañas que encontraron.

—Hay que darse prisa —dijo Jorge—. ¡Parece que va a llover!

Después de que cada uno cogiera unas veinte
arañas inofensivas, corrieron al segundo piso, al
pasillo desierto donde estaban los casilleros.

Berto sujetó una hoja de papel delante
de una de las aberturas de ventilación del
casillero de Luisón. Jorge abrió el frasco de
mermelada y dejó caer algunas arañas mientras
Berto soplaba suavemente. Unas diez arañas
se deslizaron con suavidad sobre el papel y
entraron por la abertura, desapareciendo en las
profundidades oscuras del casillero de Luisón.
Después hicieron lo mismo en los casilleros de
Tronquete, Ferni y Culebra.

Jorge y Berto sabían que una araña tarda cerca de una hora en hacer una telaraña. Miraron el reloj de la pared y se dieron cuenta de que faltaban cuarenta y cuatro minutos para que terminara el entrenamiento de lucha libre.

—Espero que las arañas trabajen rápido —dijo Berto.

—Nosotros también tenemos que movernos rápido —dijo Jorge—. ¡Aún queda mucho por hacer!

Agarraron algunas cosas que necesitaban y se colaron en el vestuario masculino, que está al lado del gimnasio. Berto buscó el desodorante de Luisón, quitó la tapa y giró el tubo hasta que salió toda la barra. Jorge jaló la gruesa barra blanca y la arrojó a la basura.

Después abrió una lata de queso para untar
con sabor a chile superpicante y empezó
a meter el queso dentro del envase del
desodorante con una cuchara.

Cuando el envase estuvo lleno, Berto
moldeó la crema con las manos y luego volvió
a poner la tapa. Jorge dejó el desodorante junto
al jabón y la toalla de Luisón en el vestuario
mientras Berto repetía la operación con el
desodorante de Tronquete. Tardaron una media
hora, pero Jorge y Berto lograron transformar
los desodorantes de los cuatro abusones en
aplicadores de crema de queso con sabor a chile
picante.

Cuando colocaron todo como estaba, Jorge y
Berto corrieron a su escondite en el baño de los
niños. Se les acababa el tiempo.

Jorge se subió a los zancos mientras Berto recogía los cómics que habían maltratado para que parecieran viejos y un transmisor antiguo. Los dos amigos fueron a escondidas hasta el pasillo y se pusieron manos a la obra.

Berto deslizó un cómic por una de las aberturas de ventilación de cada uno de los casilleros de los abusones mientras Jorge colocaba el transmisor encima de los casilleros y subía al máximo el volumen del sonido. Terminaron justo cuando acabó el entrenamiento de lucha libre.

En ese momento, nubes oscuras empezaban a cubrir el cielo y a varias millas de distancia retumbó un trueno. Se acercaba una terrible tormenta.

Mientras tanto, en el vestuario, Luisón y sus amigos se cambiaron de ropa, se pusieron desodorante y se dirigieron muy tranquilos a sus casilleros. Afuera empezaban a relampaguear los rayos, iluminando las ventanas de la escuela con un resplandor fluorescente intermitente.

Los cuatro abusones quitaron los candados
y abrieron las puertas de sus casilleros justo
en el mismo momento en el que un trueno
ensordecedor retumbó en el pasillo.

¡¡¡BRUM!!!

Los aterrorizados chicos miraron con horror
sus casilleros llenos de telarañas.

Tronquete, que tenía un miedo inmenso a las arañas, fue el primero en horrorizarse

—¡Ca… casillero en… encantado! ¡Arañas! —dijo, antes de que otro trueno sobrecogedor hiciera temblar la escuela.

Los cuatro rufianes aullaron con pavor.

A Tronquete le dio un ataque de pánico.
Empezó a sacudir las manos violentamente,
moviéndose de lado a lado, subiendo
impulsivamente una rodilla hasta el pecho y
luego la otra.

—¡Chicos, vámonos de aquí! —dijo entre
sollozos—. ¡En serio, tenemos que salir de aquí,
chicos! *¡EN SERIO*, CHICOS! *¡TENEMOS* que
irnos de aquí! ¡¡¡CHICOS, *CHICOS*!!!

—Espera un maldito minuto —dijo
Luisón—. ¿Qué es esto?

Extendió la mano dentro de su casillero
lleno de telarañas y sacó un cómic que parecía
viejo.

—No lo sé —dijo Culebra—, pero yo
también tengo uno.

—Y yo —dijo Berni.

Tronquete habría podido añadir que él
también tenía uno, pero estaba demasiado
aterrorizado para hablar. Caminaba por el
pasillo dando gritillos, temblando y saltando
como un pollo enloquecido.

Luisón abrió el cómic y empezó a leer en voz
alta bajo el retumbar de los terribles truenos.

CAPÍTULO 28

La maldición de
Jalacalzón Gutierres
(una historia verdadera)
W

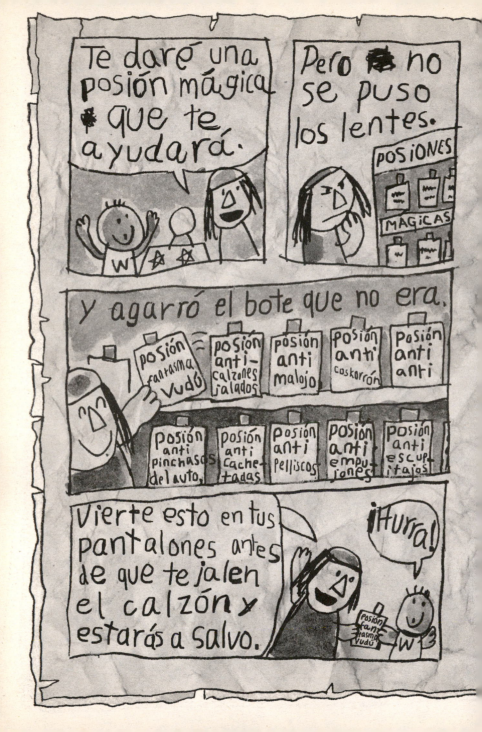

Al dia siguiente se le acercaron los avusones.

¡Es hora de jalarte el calzón!

¡Ni hablar!

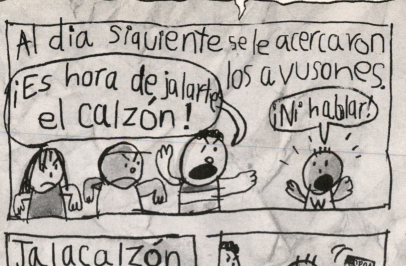

Jalacalzón Gutierres vertió la posión en sus pantalones.

Pero entonces

¡Ay, no!

Sus pantalones desaparesieron

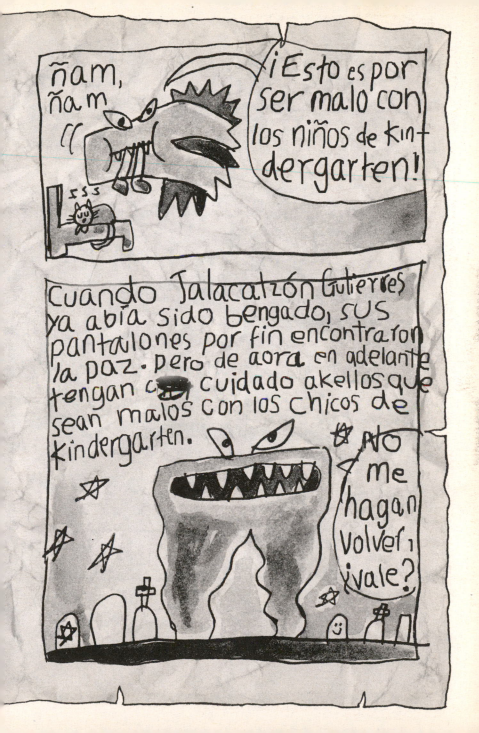

SECSIÓN EXTRA

✳ Cómo saber si estás ✳ maldito:

① Empiesas a actuar así como raro.

② Quieres jugar con muñekitas y vestidos y ~~pulseras~~ pulseritas.

③ tus cosas se llenan de ectoplaxma (y también de arañas).

④ Comida rriquísima como la Pizza te sabe muy pikante y te quema la voca.

⑤ Te ~~arden~~ arden las asilas.

Cómo desaser La maldisión

¡Debes desaser todo lo malo que hisiste y no meterte con nadie nunca más!

CAPÍTULO 29

LA TORMENTA PERFECTA

Se estaba haciendo de noche y la tormenta era cada vez más fuerte.

Los cuatro abusones miraban completamente aterrorizados el cómic polvoriento y antiguo que Luisón sostenía con manos temblorosas. Se habían quedado paralizados.

Por fin, Culebra empezó a rascarse con espasmos sus axilas sudadas.

—¡Amigos! —exclamó—. ¡Estamos *MUERTOS*! *¡Se acabó!* ¡Se ACABÓ!

—¡Me arden las *axilas*, chicos! —dijo Ferni llorando—. ¡Creo que tengo *la maldición*!

—¡A mí también! —aulló Tronquete, mientras las lágrimas le resbalaban por el rostro.

Luisón miró los ojos asustados de sus tres aterrorizados amigos. A él también le ardían las axilas, pero tenía demasiado miedo para admitirlo.

De repente, el estallido sobrecogedor de un trueno estremeció el edificio. Las luces de la escuela parpadearon dos veces y los abusadores se abrazaron y lloraron desconsoladamente.

Dentro del baño, Jorge y Berto oyeron a sus
archienemigos gritando en el pasillo y tuvieron
que controlarse con todas sus fuerzas para no
reír. Sabían que si empezaban, no podrían parar.
Berto agarró el transmisor y apretó el botón.

253

El transmisor, que estaba sobre los casilleros, reprodujo un sonido eléctrico.

—¡*Soy los pantalones encantados de Jalacalzón Gutierres!* —susurró Berto por el diminuto micrófono.

—¡Ehhh! —gritó Luisón—. ¿OYERON ESO?

—¡*Voy por ustedessss!* —susurró Berto.

—¡No! ¡No! ¡No! ¡No! ¡No! ¡NOOOO! —gritó Tronquete, y comenzó a correr en círculos, golpeándose la cabeza con los puños (por algún extraño motivo).

De nuevo, estalló un relámpago y en los pasillos retumbó un trueno. Los cuatro abusadores estaban completamente trastornados. Ferni se lanzó al piso y se enrolló temblando y llamando a su mamá para que viniera a salvarlo.

—¡DEJA, DÉJANOS EN PAZ! —gritó Luisón, agitando los puños en el aire—. ¡PERDÓN!

El señor Carrasquilla estaba en medio de
una reunión de maestros, en el otro extremo del
edificio, cuando oyó los gritos.

—Parece que Luisón está otra vez asustado
—refunfuñó, golpeando la mesa con el puño—.
¡Voy a llegar al fondo de esta cuestión!

Se levantó y salió molesto de la sala.

Luisón y sus amigos escucharon el sonido de pisadas que provenían del otro extremo de la escuela. ¡Bum! *¡Bum!* ¡Bum! *¡Bum!* ¡Bum! *¡Bum!* ¡Bum! *¡Bum!* ¡Bum! *¡Bum!* Los pasos se oían cada vez con más fuerza y cada vez más cerca.

—¡Escondámonos en el baño! —gritó Tronquete entre lágrimas.

Inmediatamente los cuatro aterrorizados amigos se abalanzaron hacia la puerta del baño.

Dentro del baño, Jorge y Berto se preparaban para su broma final. Jorge se había subido sobre los zancos mientras Berto le acomodaba los pantalones de su papá por encima de la cabeza. Los dos niños de kindergarten no sabían que estaban a punto de ser sorprendidos.

—No veo nada —dijo Jorge.

—Así —dijo Berto—, déjame…

De repente, la puerta del baño se abrió de golpe y los aterrorizados abusones entraron. Vieron a Berto junto a un par de pantalones gigantes. Un relámpago perforó las negras nubes y todos quedaron pasmados en sus sitios. Las pisadas se oían cada vez más cerca. ¡Bum! *¡Bum!* ¡Bum! *¡Bum!* ¡Bum! *¡Bum!* ¡Bum! **¡Bum!**

—¿Qué…? ¿Qué haces con esos pantalones, niño? —gritó Luisón.

Berto se quedó mudo. En un segundo, el chico de kindergarten vio pasar toda su vida ante sus ojos. Los iban a pillar. Sus vidas se habían acabado. Las pisadas del pasillo sonaron más cerca todavía.

¡Bum! *¡Bum!* **¡Bum!** *¡Bum!* **¡Bum!** *¡Bum!*

Jorge se dio cuenta de que estaban en problemas. No podía ver, pero sujetó bien los zancos y dio un tambaleante paso hacia delante. Los abusadores contemplaron lo que parecía ser un par de pantalones caminando. Se abrazaron y soltaron un aullido horrorizado que destrozaba los tímpanos.

—¡Aléjate de esos pantalones! —le gritó Ferni a Berto—. *¡ALÉJATE DE ESOS PANTALONES!*

Entonces, como si un ángel se lo hubiera susurrado al oído, a Berto se le ocurrió la respuesta perfecta:

—¿Qué pantalones? —preguntó.

¡BUM!
De repente, el tiempo pareció detenerse.

¡BUM!
Los cuatro abusones dieron un paso atrás
llenos de horror.

¡BUM!
Abrieron los ojos con espanto.

¡BUM!
Abrieron la boca para gritar…

¡BUM!

pero no les salió ningún sonido.

¡BUM!

Jorge dio otro paso hacia los abusones…

¡BUM!

mientras ellos se clavaban contra la pared.

¡BUM!

Y entonces se escuchó un trueno…

y todo se oscureció.

La terrible tormenta había dañado una
línea eléctrica cercana y la escuela quedó
completamente a oscuras. Luisón y sus amigos
se abalanzaron unos sobre otros, tratando de
salir por la puerta del baño.

El señor Carrasquilla fue su siguiente
obstáculo. Había llegado a los casilleros
cuando se fue la luz. Sus pasos de elefante se
detuvieron de golpe y se quedó parado en la
oscuridad, respirando con fuerza y sudando
profusamente.

Cuando los cuatro abusones aterrorizados consiguieron salir a tropezones del baño, salieron disparados por el pasillo oscuro y chocaron contra el señor Carrasquilla.

Nadie podría culpar a los abusones por lo que hicieron a continuación. Con la percepción profundamente trastornada debieron pensar que el señor Carrasquilla era algún monstruo gigante, húmedo y rollizo… y así lo trataron. Aullando y gritando en la oscuridad, patearon y golpearon a la húmeda, caliente y bulbosa criatura con todas sus fuerzas.

Después, los cuatro atormentados
delincuentes bajaron tambaleándose por las
escaleras y salieron por la puerta trasera de la
escuela. Mientras corrían por el campo de fútbol
hacia su casa, algo en Luisón y sus amigos
cambió para siempre. Nunca más volverían
a ser los mismos abusones despreciables que
habían sido.

CAPÍTULO 30

EL FINAL FELIZ, MARAVILLOSO E INCREÍBLEMENTE AGRADABLE

La mañana del lunes había sido especialmente estresante para Juanito Sarpatero. No había podido conseguir los doce dólares que le debía a Luisón, así que pretendía pasar desapercibido, entrando en la escuela por la puerta de atrás, cuando Luisón lo vio.

—¡Oye, niño! —gritó Luisón—. ¡Espera! ¡Tengo algo para ti!

Juanito jaló de la puerta, pero estaba
cerrada. Aun así, siguió jalando mientras
Luisón se acercaba.

—Tengo dinero para ti —dijo Luisón con
nerviosismo. Metió la mano en el bolsillo y
le dio a Juanito un arrugado billete de cinco
dólares.

—¿Es un truco? —preguntó Juanito al ver el
dinero en la mano de Luisón.

—No —respondió Luisón—. Siento haberte
quitado el dinero, chico. Te devolveré todo en
cuanto pueda, ¿de acuerdo?

—Eh… de acuerdo —dijo Juanito, y agarró
el billete de Luisón y corrió a la puerta principal
de la escuela. Todo estaba saliendo *MUY*
diferente de lo que esperaba.

Por toda la escuela, los demás niños de kindergarten vivían situaciones parecidas.

Culebra no solo repartía dinero. Se ofrecía para llevar la mochila de todos los niños de kindergarten. Ferni repartía dinero y chicles y Tronquete entregaba dinero y permitía a los niños que le jalaran los calzones todo lo que quisieran.

Luisón y sus tres amigos acabaron devolviendo todo el dinero que habían robado y no volvieron a abusar nunca más en toda su vida.

Cuando Jorge y Berto estuvieron seguros de que sus enemigos se habían reformado, terminaron con la maldición de Jalacalzón Gutierres. Una vez terminada la horrible maldición, todos estuvieron felices.

Me gustaría decirles que este fue el final de nuestra historia. Me gustaría… pero no puedo. Porque este final feliz, maravilloso e increíblemente agradable era lo que *debía* pasar… pero no fue lo que pasó *en realidad*.

¿Recuerdan el capítulo 8, cuando Cocoliso Cacapipí peleaba con el Capitán Calzoncillos y por accidente congeló sus robopantalones sobre el campo de fútbol de la escuela? Bueno, si lo recuerdan, Cocoliso escapó de esa situación viajando al pasado, exactamente cinco años antes.

Ahora intenten adivinar cuál fue esa noche *cinco años antes*. Si creen que fue la noche de la terrible tormenta que cambió para siempre las vidas de Luisón y sus amigos, están en lo cierto.

Por desgracia, una trágica y desafortunada coincidencia hizo que Cocoliso se enviara a sí mismo y a sus robopantalones al pasado en el preciso momento en que Luisón y sus amigos corrían por el campo de fútbol hacia sus casas.

Ignorando la teoría de la Paradoja de la Torta de Crema de Banana, el temerario viaje al pasado de Cocoliso produciría un pequeño y aparentemente insignificante cambio. Pero esa minucia, ese ínfimo cambio, acabaría destrozando toda esperanza de futuro para nuestra civilización.

Aunque odio hacerlo, volvamos al pasillo oscuro, a esa fatídica y tormentosa noche, y averigüemos qué ocurrió *EN REALIDAD*.

Después, los cuatro atormentados
delincuentes bajaron tambaleándose por las
escaleras y salieron por la puerta trasera de la
escuela. Mientras corrían por el campo de fútbol
hacia su casa, algo en Luisón y sus amigos
cambió para siempre. Nunca más volverían
a ser los mismos abusones despreciables que
habían sido.

CAPÍTULO 31

EL FINAL TERRIBLE, TRISTE E INCREÍBLEMENTE HORRIBLE

De repente, de la nada, una bola azul de luz apareció delante de ellos. Creció y creció hasta que explotó con un estallido cegador.

Y allí, donde había estado una bola de luz,
ahora había un par de robopantalones gigantes.

—¡Caray! ¡Me libré por los pelos!
—dijo Cocoliso desde la profundidad de sus
robopantalones—. ¡El Capitán Calzoncillos es
mucho más fuerte de lo que pensaba!

Cocoliso bajó la cremallera de sus
robopantalones y se asomó al mundo tal y como
era cinco años antes de la batalla que acababa
de librar. Vio la feroz tormenta y los cuatro
niños de sexto grado que temblaban a sus pies
gigantes.

—¡Oigan! —gritó Cocoliso—. ¿Qué les pasa?
¡Parece que hubieran visto a un fantasma!

—¡SON LOS… LOS… PANTALONES EN…
ENCANTADOS DE JA… JA… JALACALZÓN
GUTIERRES! —gritó Culebra, señalando la
silueta oscura y gigantesca de Cocoliso.

Luisón y sus amigos comenzaron a gritar
tan alto, produciendo sonidos tan agudos, que
solo los perros los oyeron.

Lo que ocurrió a continuación es lo que los psicólogos denominan comúnmente "volverse loco como una cabra". Los cuatro chicos de sexto grado cayeron de rodillas, temblando, tiritando y diciendo palabras sin sentido mientras sus frágiles mentes se resquebrajaban como cáscaras de huevo.

—¡Buba, buba, juba, juba, gua, gua! —gritaba Luisón mientras se golpeaba frenéticamente la cara una y otra vez.

Ferni se arrancó la ropa y empezó a bailar una danza hawaiana mientras cantaba a pleno pulmón: "Soy una pequeña tetera".

Tronquete empezó a cavar un agujero en el suelo con los dientes, tragando enormes puñados de tierra y gusanos, mientras el pobre Culebra se reía como un maniaco, golpeándose felizmente la cabeza contra el suelo una y otra vez, una y otra vez.

AQUÍ MANO IZQUIERDA

¡LOS ABUSONES
SE CHIFLAN!

AQUÍ
PULGAR
DERECHO

¡LOS ABUSONES
SE CHIFLAN!

—¡Qué bárbaro! —dijo Cocoliso—. Hace cinco años los chicos sí que eran raros.

Rápidamente reprogramó su cacamóvil temporal a "Cuatro años en el futuro" y pulsó el botón de "Allá vamos".

De repente, chispas gigantes de color azul salieron disparadas de los robopantalones. Varios momentos de efectos especiales después, un destello cegador iluminó el cielo y Cocoliso y sus robopantalones desaparecieron.

Al día siguiente, los cuatro niños de sexto grado fueron ingresados en el Asilo para Incompatibles con la Vida Real del Valle del Chaparral. Una investigación sobre sus problemas mentales condujo a la policía directamente al señor Carrasquilla, cuyo cuerpo amoratado y golpeado lo hizo parecer MUY sospechoso. Los policías naturalmente dieron por sentado que el señor Carrasquilla estaba detrás de tanta locura.

Aunque no se presentaron cargos, todo
el mundo culpó al señor Carrasquilla. Lo
despidieron unas semanas después y nunca más
volvió a trabajar como director de escuela.

CAPÍTULO 32

CUATRO AÑOS DESPUÉS...

Cuatro años después, una esfera gigante de resplandor azul apareció sobre lo que solía ser el campo de fútbol de una escuela primaria. De repente, la esfera explotó con una luz cegadora y ahí estaban Cocoliso y sus robopantalones gigantescos.

Cocoliso se asomó por la cremallera y descubrió que la tierra había sido destruida.

Se arrastró fuera de sus robopantalones
gigantes y paseó por la ciudad destrozada,
inspeccionando el caos. El paisaje estaba repleto
de rocas enormes procedentes de la Luna,
rascacielos en ruinas e inodoros destrozados.

—¿Pero qué demonios ha pasado aquí?
—exclamó Cocoliso.

Cuando el sol de la mañana se alzó en el
horizonte, Cocoliso al fin vio una señal de vida.
Un niño pequeño de kindergarten caminaba de
la mano de su mamá por una avenida arrasada.

—¡Oye, niño! —gritó Cocoliso—. ¿Qué ha pasado aquí? ¿Cómo se destruyó la Tierra?

—Bueno —dijo el niño—, hace unas semanas un tipo en pañales hizo estallar la Luna y trató de apoderarse de la Tierra. Pero una semana después un montón de inodoros parlantes atacaron la ciudad y se lo comieron. ¡Después, una semana más tarde, una nave espacial gigante aterrizó sobre la escuela primaria y todos los niños se convirtieron en zombis malvados!

—Ojalá dejaras de obsesionarte con tantas tonterías —dijo la mamá del niño.

—Pero, ¿y qué pasó con el Capitán
Calzoncillos? —preguntó Cocoliso.

—¿Quién es ese? —dijo el niño.

—Es ese superhéroe gordo y calvo —dijo
Cocoliso—. Ya sabes, ese tipo en calzoncillos
con una capa roja. ¿Qué le ocurrió?

—No conozco a nadie así —dijo el niño.

De repente, Cocoliso se dio cuenta del terrible error que había cometido. Había alterado el pasado y eso había tenido como consecuencia la destrucción del Capitán Calzoncillos y *TAMBIÉN* de la Tierra.

—Debo volver para deshacer lo que hice —gritó Cocoliso—. ¡Debo volver a tiempo para SALVAR al Capitán Calzoncillos! Rápido, niño, dime todo lo que sepas sobre esos zombis que se han apoderado del mundo.

—Bueno, son muy fuertes y poderosos.

—Sí, sí, ¿y qué *más*?

—Están detrás de ti —dijo el niño.

Cocoliso se volteó y miró hacia arriba. Allí, parados frente a él, estaban los dos zombis más grandes y malvados que jamás había visto.

Uno de los zombis levantó el pie sobre la cabeza de Cocoliso.

—¡NOOOOO! —gritó Cocoliso—. ¡No puedes matarme! ¡Soy la única oportunidad que tiene el mundo de volver a la normalidad!

CAPÍTULO 33
EN RESUMEN

¡¡¡PLAS!!!

CAPÍTULO 34

EL FIN (DEL MUNDO TAL Y COMO LO CONOCEMOS)

Cuando el terrible zombi levantó el zapato, solo quedaba un mancha roja y pegajosa.

Y este, queridos lectores, es el desafortunado final de la saga del Capitán Calzoncillos.

El doctor Pañal hizo estallar la Luna, los inodoros parlantes atacaron y los zombis se apoderaron de la Tierra. El Capitán Calzoncillos no estaba para salvar el mundo porque el señor Carrasquilla nunca fue hipnotizado por Jorge y Berto.

Todas las aventuras épicas que conocemos y nos encantan nunca ocurrieron en realidad. Y ahora, la única oportunidad de arreglarlo todo había sido aplastada.

Así que con tristeza les digo: este es el capítulo final de la última novela épica del Capitán Calzoncillos. Ya no habrá más aventuras del Capitán Calzoncillos…

Excepto esta:

EL CAPITÁN CALZONCILLOS Y LA ASQUEROSA VENGANZA DE LOS ROBOCALZONES RADIOACTIVOS

ACCIÓN

RISAS

LOS MISTERIOS DEL UNIVERSO RESUELTOS

LA DÉCIMA NOVELA ÉPICA DE DAV PILKEY

SCHOLASTIC en español